続・宮沢賢治のヒドリ

――なぜ賢治は涙を流したか

We are all farmers.
It is fairly busy and work is also painful.

和田文雄 著

コールサック社

続・宮沢賢治のヒドリ——なぜ賢治は涙を流したか　目次

続・宮沢賢治のヒドリ

――なぜ賢治は涙を流したか

和田文雄

一章　書家の探求したものと賢治の時代

一　改変された「雨ニモマケズ」の詩

書家石川九楊氏はその著『日本の文字』で〈その訃報を知らせる地元紙が、原文の「ヒドリ」を勝手に「ヒデリ」と改変したからだ〉と記している。

それは通常、私たちが目にする「雨ニモマケズ」の詩は「日照りの時は」を意味する詩を読まされて、いい詩ですねと相槌をうつ、国民的な詩が、その詩人の詩とちがう詩を読まされているのである。しかも校合《きょうごう》の結果にもただ「誤字」とのみ記されたりしている。

また石川栄助氏のいう「訃報」は不幸があると家族、近くの親戚、隣近所の人たちが葬儀式などの日取りを決め使者をたてて関係者に知らせにゆく沙汰のことで、報道機関もその役をもっているが、「雨ニモマケズ」の詩はこの時点ではまだ、賢治が、死に際して弟清六に託したトランクのなかに納まっていた。発見されたのは翌昭和九年二月十六日、東京新宿の「モナミ」で開かれた第一回宮沢賢治友の会の席上である。

「岩手日報」は九月二三日夕刊で法名と葬儀式は宮沢家菩提寺安浄寺で二時からと知らせている。そして、二五日の朝刊で葬儀式の記事をのせ、二九日の学芸欄で「宮沢賢治氏追悼号」に「疑獄元凶」全文と森佐一の「追憶記」をのせ、さらに十月六日の学芸欄も「宮沢賢治追悼号」で森佐一「追憶記」佐藤惣之助、高村光太郎らの追悼書簡をのせている。がまだ「雨ニモマケズ」の詩篇は「トランク」

に納められたままである。（宮沢賢治年譜堀尾青史編）

筆者はかって賢治の「遺言」の実行に瑕疵《かし》が生じているものとして「ド」を「デ」としたのは「改竄」であり、文学遺産の毀損《きそん》であるとしたが、『国訳妙法蓮華経』のように一千部製作したが戦災でかなりが焼失した、これは責めるわけにはいかない。しかし「ド」を「デ」とすることは許されることではなかろう。

幸い遺言を引き継いだ宮沢清六の女婿雄造氏は賢治記念館長を継いでいるが「雨ニモマケズ」のヒデリは原文のヒドリでよいと「岩手経済研究（一六四号・平成八年七月）」の「賢治祭に想う」に記した。これをうけて石川栄助（岩手大学名誉教授）は七月十七日の岩手日報の声に「ヒドリ」とは「宿命の悲しみ」とおおやけにし、また、平成八年一一月一日の「ふるさとケセン」と自著『返り花』（随筆集平成十年十月）に収録している。

宮沢雄造記念館長の「ヒドリ」は賢治の本当の百姓ぶりからしぼりだされたものだ。岩手の凶作時の村人の暮しの「ヒドリ」とお天道さまの「ヒデリ」との違いを、また東北の人々の生活と農学との違いを科学者賢治が明らかにしたもので、町場の人や象牙の塔にこもる人たちへやんわりと伝えたものではなかろうか。日照りという自然現象と毎日毎回の食事代を求めることとは全くことなる事象であるから右でなければ左のような場当たりやまた、個人の癖とすることなどは慎むべきことでないかと諭されたものと受けとれる。ましてや国をあげての恐慌、不況、飢渇の犠牲を背負わされた人たちの実態を記した「ヒドリ」を農作物の生育を助ける「ヒデリ・日照り」と混同することなどはないといえる。

宮沢雄造館長の正統な遺言の継承と実行者の実直な証言を聞いた思いがする。ただ終行に「ヒドリ」は県南地方の方言であって、宮沢館長の語るように、「これをヒデリと思う人もあってもよいが、賢治の詩の原文はヒドリであった。」とあるが、「宿命の悲しみ」を感じることができなければ、人の痛みを感じられなければ詩を理解することはできないし、ましてやヒドリ、日用取にすら出られない現世の非業の暮しを理解することはできないことになる。それは一揆をおこし、打ち寄せしものの一念にたよることとなる。これらは賢治の活動したときも、百年を経ようとする今も地域の悲哀にかわることのない「悲しみ」と言えるのである。筆者はかって悪魔のささやきを耳にしたことがある。それは照井謹二郎氏が「ヒドリ」説を説いたときあれは「賢治事業」の役職から外されたことにたいしての反発からしたことだと言うのである。勝つためなのか。自説をがりがりと押し通すためのものか。いずれにしても恥ずかしい次元のものだ。

地方紙の「改変」の経緯と事実関係については以前にも耳にしたことはあったが八十年も前のことである。石川九楊氏は豪雪の厳しい気候で農業収入なども少ない福井県生まれであり、東北の「ヒドリ」のこともきっと理解できるはずであり、「改変」の経緯と事実関係と始めの謬《あざむ》きを正していただきたいと願うのである。ただ石川九楊氏は次の様な独自の見解を展開している。〈東北の人びとの発音を再現するならば、「ヒドリ」と「ヒデリ」のどちらが岩手弁をきちんと再現しているのかわからない。おそらく賢治は「ヒデリ」という標準語表記をする必要がないと判断したからこそ、「ヒドリ」のままにしておいたのではないだろうか。だとするならば、この詩は、賢治の意図を尊重して、表記を「ヒドリ」のままにしておくべきではなかったか。もしくは『「ヒデリ」の意か』というような校正者注を補うか、あるいは最小限「ヒデ（ド）リ」と表記するべきだったという指摘は、一般常識のままにしておくべきではなかったか〉または校正者注を付けるべきだったという指摘は、一般常識的で妥当な見解だろう。宮沢賢治学会は石川九楊氏の真っ当な提案を真摯に受け止めるべきだ。宮沢賢治学会は多様で優れた研究者から構成されているだから、本来的な賢治の精神に則り原文通りにして、異なる見解を少なくとも併記すべき時期が来ているように私は考える。要は読者にその読解の判断を委ねることが第一ではないだろうか。けれども石川九楊氏は賢治が「ヒドリ」を日照りの意味で考えていたことを当然のことと断定し、岩手弁では「ヒドリ」に聞こえてしまうので、あえて「ヒドリ」ままにしたのではないかという。この独特な見解は地元の教え子の照井謹二郎氏や弟の宮沢清六氏の娘婿の宮沢雄造氏を始め多くの東北の研究者たちが「ヒドリ」に込められた農民の「宿命の悲しみ」を感じ取ってしまう想像力に少し欠けているように思われる。手帳の原文は「ヒドリ」であり、真摯にその根源的な意味を当時の農民詩人である賢治の精神に則り考えて来た人びと対して、「ヒデリ」と断定する研究者たちはもう少し敬意を抱いて欲しいと考えるのは私だけではあるまい。

二　「雨ニモマケズ」に加えられた「モ」について

石川九楊氏は鴨長明の『方丈記』が漢字とカタカナで書かれた文学を引用したあとに「雨ニモマケズ」の詩は漢字とカタカナで書かれた著名な詩であるとし次のように記している。書家の読んだ「雨ニモマケズ」の詩、書家の彫り出した詩人の姿である。

現代にもカタカナ書きで書かれた著名な詩がある。宮沢賢治の「雨ニモマケズ」である…宮沢賢治が亡くなってから発見されたトランクのポケットのなかにおさめられていた手帳に記されていたものである。…

最初の一行目はどのように書かれているか。「雨ニマケズ風ニマケズ　雪ニモ夏ノアツサニモ」と書いて、書き出し部を「雨ニモ、マケズ」と文字間に「モ」を添えて修正している。…この修正を加えることで二つのことが生じた。ひとつは、「モ」を加えたことにより、口ずさみやすくなった。「雨ニモマケズ、風ニモマケズ」とそれぞれ七音になり、五七の音調に親しんでいる日本人の口に上りやすくなった。当初の「雨ニマケズ」の六六のほうが作者の切迫感は強いが「モ」が加わったことで語呂がよくなった。そのことによって国民的な愛唱詩となったのである。

文体的に言うと、文頭からいきなり「モ」が出てくるのはおかしい。「学校に行きました。遊びにも行きました。」とするのがふつうで、「学校にも行きました。遊びにも行きました。」というふうに文頭に「も」を付けるのは文体的に違和感がある。として、山上憶良の「銀《しろがね》も金《くがね》も玉《たま》も何せむに　優《まさ》れる宝　子にしかめやも」（万葉集巻五八〇三）の歌のように名詞をつらねるときは文頭に「も」を付けることはある。さらに紀貫之の『土佐日記』の例をあげている。

また、書家として自作の詩を大学のころ書いていたと略歴にある。したがって書家の詩論は詩人のものなのである。石川九楊氏の書家の視点からの「モ」を加えたことによって「国民的な愛唱歌」になったという指摘は賢治の創作過程の秘密を解き明かす重要なヒントになっている。

三　石っこ先生宮沢賢治の「既知」

「既知」とはすでに知っていることである。それは「未知」のまだ知らないこと、まだ知られていないことと対比されるが、東北人の既知は経験とか体験という生易しいものではなくまさに死地から生き残った人の「死」とつながった「生」のことである。宮沢賢治の「既知」とはどんなものであったか尋ねて見ることとする。

1　宮沢賢治の晩年

ここでは宮沢賢治の晩年となった昭和初年の冷害、凶作、飢饉そしてまったく経済外強制となった世界経済恐慌によって塗炭の苦しみとその果てにやってきた娘身売り、一家離散、そして餓死というおそろしい時間があった。これらのうち人の力ではどうにもならない気象条件によっておこった災害とその年次が岩手県の気象災異年表（昭和54年6月刊）に次のような記録がある。また、世界経済恐慌そして日本の農業恐慌である。

気象災異

旱魃・干害	昭和2、3、5、8年
凶　　作	昭和6、9年
凍霜害	昭和2、5年
高　　温	昭和4、7年

豊作・上　昭和8年

経済恐慌・対策・戦争

世界恐慌　昭和2年

日本農業恐慌　昭和5年

経済更生　昭和7年〜

戦争開始　昭和6年

宮沢賢治、三十二歳から没後翌年までの気象異変と恐慌などを記したが、昭和八年の豊作は没後で知ることはできなかった。しかしこの豊作は米価の下落によって「豊作貧乏」の責め苦となって覆いかぶさった。

彼はこれらの一部をのぞいてその渦中におかれていたのである。そんな宮沢賢治にとっての「既知」となるものについて、私たちはもう一度、当時の生死に関わる農村の「既知」を確認しておきたい。

2　石っこ先生とは

石っこ先生とはどのような賢治先生をいうのであろうか。〈工藤祐吉と「上田のツツミ」へ行き、岩手山へ出かけ夕方「引アゲ」たこともあり、「ツナギ旅行」もした。このようにかなり方々を歩きまわっているが、主として鉱物採集が目的であったようである〉これが中学校一年生十三歳のときである。

また、その頃、「遠足や郊外散歩に出かける時の彼の腰には、かならず愛用の金槌が一丁、手挟《たばさ》まれていた。彼の詩によくでてくる七っ森、南昌山、鞍掛山、そのた盛岡近在の山や丘で、彼のこの金槌の洗礼を受けていない所はほとんどあるまい。…中学一年生であれだけ石に興味の持てる子供は古今東西を通じて、あまり類がないかもしれない。」と同級生の阿部孝は記している。(年譜、明治三十六年・十三歳)

盛岡高等農林学校には大正四年に農学科第二部に首席で入学する。特待生という待遇をうける。農学科第二部は大正六年農芸化学科と改められた。部長は関豊太郎教授(火山灰土壌の研究で農学博士)かなり気むずかしやであったが賢治はうまくアッサリと捌く気転を持っていた。変人の関教授は目の中に入れても痛くないと云う程賢治をかわいがっていたとある。(年譜)

岩手県臨時工業原料調査会の研究結果のなかで「石灰岩は優良なる石灰肥料として応用する望あるのみならずその調整は困難少なく生石灰の如く燃料を要せざるをもって其暴騰を懸念するにたらずし

て製造者の経営如何によりては廉価によりて以て農家に石灰肥料を供給し／病土を改良して健康地となし耕地の拡張延ては農事の振興の一助とならんと信ず」と所信が引用されている。

関博士の「石灰岩と土壌」についての談話がある。（大正六年一月一三日）

「石灰肥料と土壌の関係により農耕果樹畜産等に及ぼす影響を『英国に石灰は父を富まし児を貧くす』という諺があるが本邦にもこれにかぶれて／石灰の施用を害悪視した時代あったがこれは過去の夢となったので濫用を戒めた諺が却って禍をなした観がある。実に石灰は植物の養分として欠くべからざるものである…世に酸性土壌とよばるる病土多くは石灰欠乏土である。」

この諺はフェスカの『日本地産論』通論「農業上の要素としての土地を論ず」の「肥培論の間接肥料」の項に「日本の気候に於ては農作に石灰を施用するの必要なきものの如し」とある。これがドイツ農業と比較した上で「考案」の一つに上げている。しかし関教授の「肥料」ではなく「間接肥料」としてでありそれは作物の生育に不可欠であるが微量要素としてである。

長い引用であったが、これが賢治がなぜ石灰肥料に心血をそそぎ死の病の床まで手放すことのなかったのは、恩師への報恩の使命感からとまた盛岡高等農林学校農芸科学科卒業証書を授与された者の矜持からのものと言えるであろう。多くの愛好家や読者が疑問にしていることなので引用した。つけ加えるならば、「英国」の諺は『日本地産論』を表した農商務地質調査所の雇員で駒場農学校の教員を兼ねていたマックス・フェスカが「通論」を明治二十三年に「特論」を同二十六年にドイツ語であらわし訳書はともに一年後に農商務省地質調査所から出版された。フェスカは駒場農学校の農学科担当の教師であったからその関連の是非は学校ごとにわかれたのではないか。

3　昭和初期の農村問題――内務省の認識

昭和二年からはじまった気象異変は旱魃、凍霜害、高温、病虫害、そして凶作、加えて娘身売りという悲哀の農村となった。

これら内務行政、警察・(治安維持法・特別高等警察) 土木・衛生・そして地方行政を管轄するのが内務省 (昭和二十七年廃止) で対策を講じたまた国会は昭和七年六月一日から一四日までの議会で時局匡救議決のみを採択し二か月後救農国会を開き農村疲弊の救済策と予算をつくった。その中に通貨流通の円満、農村農家の負債整理がある。

昭和六年七月十日、賢治は花巻駅で知人の小原弥一に「いま岩手県を救う道はモラトリアムをやることです」と大声をあげ叫び、駅前交番の白鳥巡査には「危険思想の演説かと緊張させた」(年譜)。そのことの国会議決である。亡くなる二年前の出来事であり、農村農家への賢治の思いである。

4　内務省『東北地方農村疲弊状況』調査資料発行No.16、17、18

この調査は昭和一〇年一月、同省社会局から派遣された視察員がもたらした資料と各県の報告を基礎として…東北地方の疲弊状況をまとめたとされるものだが編集の立脚点および論理構成について次のように問題意識をきめて行われている。

「東北地方民ノ窮乏ハ由ツテ来ル所ハ遠イ。東北地方ハ久シク窮乏ニ陥ツテ居タノデアルガ、此ノ数年ノ凶作ヲ契機トシテ其ガ表面化シタモノデアル。之ニ反シ、例ヘバ九州地方ニ於テハ昨年旱害ニ因ル被害多ク凶作地ガ多カツタノデアルガ、農民ハ窮乏ニマデハ到ツテ居ナイ。東北地方デハ凶作ト窮乏トノ二面ガ存スル点ニ東北地方農村問題ノ特異性ガ存スルコトニ留意スベキデアル。只一派ノ者ハ凶作ハ自然的原因ニ因ルモノデアリ、窮乏ハ経済的乃至社会的原因ニ因ルモノデアルトイフ点ニ二者ヲ区別シテ居ル。

然シ乍ラ、自然的原因ニ付テモ、農民ガ技術的ニ進歩シタ耕作方法ヲ採リ、或ハ冷害ヲ被ラナイヤウナ農業ヲ営ミ得ル経済的能力ガ存スル場合ハ、凶作ノ被害ヲ避ケ得ル訳デアル。然ルニ農民ハ経済的ニ窮乏シテ居ル結果、進歩シタ耕作方法ヲ用ヒルコトガ出来ズ、若ハ利潤ハ多クトモ資本ヲ要シ且危険負担ノ多イ他種農業ヲ営ムコトガ出来ズ、又ハ耕地ガ零細デアル結果、反当収入ノ少イ他種農業ヲ以テハ経済ヲ保ツコトガ出来ズ、結局最モ原始的耕作方法ヲ以テ最モ自給的色彩ノ強イ米作ヲ営ムコトニナルノデ、其ノ為冷害等ヲ被ルコトニナルノデアル。

此ノ意味ニ於テ凶作モ亦窮極ニ於テハ経済的原因ニ基クモノト言ヘルノデアル。凶作モ窮乏モ共ニ経済的原因カラ発生スルノデアルガ、凶作ハ農作物ニ付テノ事デアリ、窮乏ハ、従令豊作デアッテモ、土地ノ生産力ノ低イ為或ハ農業機構ノ不合理ノ為農家ハ『人間ニ値スル生活』ヲ営ムコトガ出来ナイ点ニ発生スルモノト考ヘラレル。本資料モ、東北地方ニ付テ凶作ト窮乏トノ二面カラ農家ノ疲弊状況ヲ描キ出シ、以テ東北地方農業機構ノ特異性ノ発見並ニ将来ノ対策ノ樹立ノ一助タラシメヨウトスルモノデアル。」（第一章序説）

しかも最終行の断り書は、むしろそのことの存在を当然視するかのようにもうけとれるのである。農村疲弊の結論に「只一派ノ者ハ」とあり、さらにその「点ニ二者ヲ区別シテ居ル」としているのは肯定ととれる。それでは「内務省」調査とは言えなくなってしまわないだろうか。したがって次の始まりの「然シ乍ラ」は承前の肯定となってしまっている。

5 「然シ乍ラ」何を見、何を感じ、何をするのか

ここでは東北の農家、農村の被災がおきた原因を説き、「農家ノ疲弊状況ヲ描キ出シ、持テ、東北地方農業機構ノ特異性ノ発見並ニ将来ノ対策ノ樹立ノ一助タラシメヨウトスルモノデアル（第一章序説）とある。

また「東北農村問題ノ要点」として次のことがあげられている。

「東北農村問題ノ要点ハ寧ロ東北農村機構ト東北農民窮乏トノ相関性ヲ検討スル点ニ在ル」（第三章序説）

「問題ハ何故ニ東北ニ於テ斯ル窮乏ガ存スルカノ点デアル。其処デ、東北地方ノ他地方トノ相違ガ如何ナル点デアルカノ究明ガ必要トナル。……本稿デハ、人口構成ト産業構成トニ於ケル東北ノ特異性ヲ見、東北ガ如何ニ農業性ノ濃厚デアルカヲ明カニシ、次ニ、其ノ農業自体ノ特質ヲ明カニスル……ソシテ『東北型』農業ト東北地方窮乏トノ相関々係ヲ明確ナラシメルコトガ緊要事デアル。」（第四章）

そこでこの序章を読むこととするがカタカナ、文語体であるので便宜上三行に一行あけたところがある。

いまに伝わるこれらは内務省社会局庶務課調査係が内部資料として謄写版刷り紙撚綴《こより》にして二〇〇部ほど作られていた。

昭和九年三月に第一号として「所謂反産運動ニ就テ」から昭和一一年一一月のNo.28号までで、昭和一〇年三月、四月、七月にNo.16、No.17、No.20が「東北地方農村疲弊状況第一、二、三篇として作られた。これはまさに稀覯だがここで使わせてもらったのは楠本雅弘編『恐慌下の東北農村』(不二出版・1984年・8月刊)である。

東北地方の疲弊事情については次の調査・報告もある。

『東北六県農村経済事情』北海道東北六県耕地協会連合会・昭和九年七月

『東北農業の研究』協調会・昭和八年四月

『凶作地ニ対スル政府所有米穀交付実績』農林省米穀局・昭和一〇年六月

これらの外に帝国農会(1)の農林省の後援で昭和九年一二月上旬から中旬に次の調査がある。

『東北地方農家経済実態調査』帝国農会・昭和一三年三月

『東北地方ニ於ケル昭和九年ノ水稲凶作状況調査成績概要』農林省農務局・昭和九年一二月

6 「農村疲弊」と「農村振興」の「既知」と認識

『東北地方農村に関する調査　凶作編』昭和一〇年二月　帝国農会
『同　　　　　　　　　　　実態編』昭和一〇年三月　帝国農会

この二編には「只一派ノ者」との基本的見解の相違が提起されているというものである。それはいまでは耳にすることもなくなってしまった帝国農会という公法人としての農業団体の主張が鮮明にされ、あたかも現地調査に回答している農村・農家の心情が浮き出されている。

「今次の東北地方に於ける凶作は単なる自然的因子に基づくものである。乍去東北農村乃至農家の窮乏は斯か自然的偶然的原因のみに帰せらるべきではない。寧ろ凶作は農村窮乏への拍車の役割を演じたるものに過ぎず、其の真因は東北農村が置かれたる社会的、経済的環境の劣位に存するものと観るべきであらう。就中近年来の慢性的農業恐慌は、今尚多分に且濃厚に封建的な社会的経済的関係残存し、且生産力低位にして近代資本主義経済体制への適応性の幼稚な東北農業に其の影響を特に激しく与え、次いで昭和六年の凶作はこの農業恐慌を一層激化せしめて東北特に青森、岩手両県の農村に致命的な打撃を齎らして居る。斯して之が恢復の未だ成らざる所に昭和九年の災害が東北を更に訪れたのである。……凶作が特に東北農村に与へたる経済的影響の特殊性は東北農業の後進性、生産力の低位性及近年の農業恐慌との結び付きを考へずしては其の真相の把握を（不）可能ならしむる。此の故に今や東北農業は再分析せられ、再批判され、而して東北農村問題は再認識せられ（ね）ばならない。………」

これは帝国農会が農家、農村の繁栄と不況、飢渇からの脱出への役割という重い使命を課せられているということである。

前頁の内務省の「東北農村問題ノ要点」とくらべて読むとその根本的な違いが歴然となる。さらにつづいて内務省の投じた「然シ乍ラ」という時局対応の問題すりかえを次のように論駁しことの重大性を喚起している。

「斯くして之が回復の未だ成らざる所に昭和九年の内務省調査を要約するとおおよそ次のようになる。東北の農業と農家の実情と昭和九年に追い討ちをかけるような大凶作にあえぐ人たちに「その窮乏は遠くしかも久しく窮乏に陥っていたのがここ数年の凶作で表面化したものである。…自然的原因も農民が技術的に進歩した耕作方法を採り、冷害を被らない農業を営み得る経済的能力があれば凶作の被害を避けうれる訳である。」という問題意識から調査の編集の論理が作成されている。

しかも「凶作も窮乏もともに経済的原因から発生したものであるが、たとえ豊作でも土地の低い生産力、また農業機構の不合理のため農家は『人間ニ値スル生活』が出来ないことがおきる。」とし、調査・資料は凶作と窮乏の二面から農家の疲弊状況を描きだし、以て東北農業機構の特異性の発見と将来の対策を助けたい。」としている。

最近、ノーベル平和賞をうけた少女が「チョコレートをたべたことはないが原料豆は担いでいる」と語っていた。わが国ではまだ酷い話として臨終の人の枕元で米を竹筒に入れて「元気になれや、元気になったらこの米がたべられるからな」と励ましたというし、米は作っても粟、稗雑穀や芋、大根のかて飯しか食べられなかった話は「おしん物語」だけではない。この時の学童の食事、弁当の調べでも明らかになっている。

（1）帝国農会の設立

帝国農会という明治初年につくられた農業団体についてふれておく。内務省調査で「只一派ノ者」とあるがこれを経済学上の学理の主張の違う人たちの論争とするか、事業実施官庁の実施上の措置のことをさしているか不明であるが、明治維新直後から農談会が農業技術や国の農業施策などへの提言などを推進してきていたが明治三十二年六月八日「農会法」が定められ「農事ノ改良発達ヲ計ル為メニ設立」されさらに明治四十三年同法が改正され帝国農会が誕生した。昭和十八年農業団体法によってそれぞれの段階の農業会に統合したがさらに昭和二十年七月七日「戦時農業団」同九月六日同団解散、全国農業会となり、昭和二十二年十一月十九日農業協同組合法公布をみて昭和二十三年八月十四日全国農業会解散で明治以来の団体は農業協同組合となった。

帝国農会の構成が地主、自作農家または不在地主（寄生地主ともいわれた）たち農村の所謂政治的実力者、旦那様の支配力が強く維新後の身分制が「草分け、高持百姓＝本百姓、家抱え、水呑み」などが廃止されたとはいえ村内の支配関係は無言のうちにまかり通っていたであろう。しかし恐慌と飢渇の被災者の意志の代弁と解決への責務をもつ代理者であったことにかわりはない。さらには農家と農業の再建と発展の推進者であることに自負がある。たしかに農会の主だった人には爵位を持ち家柄が先に地位をきめたとみられる顔ぶれであるが危急のときの選択ともいえよう。ただ官僚のあいだに手柄の競い合いがこうしたときにも顔をのぞかせていたこともまた事実である
帝国農会史稿の巻頭に歴代の功労者十四人の顔写真が掲載されているが、うち爵位をもつ者五人、法学博士、農学博士が三人おられる。

明治三十二年の帝国農会法では公法人の文言がなかったが、のちの法改正で明確にしている。これらを引き継いだ現在の「全中」全国農業協同組合中央会はこの公法人だが政府の方針で「社団法人」となるという。最近の報道が伝えられている。

この公法人が行った農業の改良発達を計る通達「農事改良十四ケ条」のなかの水稲の正条植に駐在所の巡査が「正条に植えなさい」といったことから「サーベル農政」といわれた。田の草とりは田植えの何倍もの辛い農作業だ。雁爪《がんづめ》という農具といえないような農具で、田植え後の苗の活着をまつよ

うに水田に這いつくばって雑草をとり、ほんの数糎ほど田の耕土を撹拌して土を柔らかくし土に空気を補い、地温をたかめ堆肥厩肥の分解と酸素の不足による根の弊害を防ぐことにあるから、温暖暑気の日がよいとされる。

この頃すでに暑気は強まり、風はそよとも稲田をわたってこない。正条植えにすることは田に這いつくばってする雁爪から田押し車といわれる腰の痛さからの開放である。それには田押し車が使えるように縦に真っ直ぐに稲苗を挿秧しておくことである。これをサーベルをさげたお巡りさんが指導するという妙な取り合わせがサーベルへの反撥として揶揄半分に広まった。しかしこれも農会法第一条にいう「農会ハ農事ノ改良発達ヲ計ル為ニ」設立した目標のための事業であったといえるものであろう。

（2）明治維新の新政策がもたらしたもの

明治維新でいくつもの旧来の治世の方法が改められた。それは維新とは「天命を受けて民の上にある旧い邦であってもその天命は維れ新しいことである」（詩経）ということばどおり次々に制度が改められた。そのことが世にいう農民開放であるというが結果は新旧の農家の選別となっていった。明治三十二年の農会法制定にはじまり四十三年の改正で帝国農会が誕生した。その後、農業団体法、戦時農業団令を経て昭和二十二年農業協同組合法により農協となって今に至っている。帝国農会、農協中央会はいずれも農政活動を主として行ってきている。現在の全国農協中央会（全中）は指導農協連、監査連などを合併して組織と機能を補完整備し法改正をし法人となった。

さて維新政府は明治二年に身分制度の皇族と士族の間に華族をつくり爵位五等を授けるなど新設した。農・工・商は一様に平民としその下の身分は廃止した。農民・農家では、草分け、家抱い、高持百姓・本百姓、水呑みなどは廃止し、また明治初期十年間の特記される制度の改正を次にあげる。

特記される新制度

ア、田畑勝手作り許可・明治五年八月三十日
イ、地所永代売買禁止を廃止・明治五年二月十五日
ウ、地所売買譲渡地に地券の交付・明治六年
エ、地租改正法・田畑作物全て金納・明治六年七月二十八日
オ　結果として資本の本源的蓄積と自然経済の農家経営の不整合をつくる。

これらについて帝国農会史稿（以下史稿という）によると明治一六〜二六年に自作農が激減し小作農と自小作農が増え、中期になると自小作農が減り小作農が増えている、また自作農もやや恢復し、

三三〜四五年になるとまた自作農が減り自小作農と小作農が増えている。このように自作農が分解していくがそれは農家の負債の増加によるものであった。

そしてなによりも、農家の経済的性格によるもので幕藩封建制のなかでの自然経済での生活から離れるにはあまりにも性急な「維新」の押し寄せに翻弄された。それは栽培する作物は自分できめられても、商品として販売する手立てはなく、商品化率の研究によると明治初期では米一五％〜二〇％、雑穀・諸類五〜一〇％、蔬菜・果実二〇〜三〇％（山口和雄氏）とある。

したがって地租の金納で米を売って税金を納めることは、出来秋に一斉に米を売れば当然安値となる、ときには買い叩かれることも起こる。政府の金納について史稿で我妻東策氏の「政府は廃藩置県のあと旧幕府の数倍の租米を三府七二県から集める、その運搬と手数は前古未曾有の繁雑さと運搬施設は不備」で対応しえない。とくに「旧藩以来の貨幣経済と自然経済との矛盾を」露呈した。「毎年市場穀価は昂低し国産の財計を計りえなくした」ので、「政府はこれを農民・地主に分散・転嫁するため金納制を採った」金納地租の額は明治九年八三％を占めていたとしている。（史稿・要約）

幕府時代の数倍の地租は維新の事後処理、暴動鎮圧の軍事費、殖産興業費・勧農政策などだが勧農政策への比重は低く微々たるものであったとしている。

新政府の要人は「物品の貢租は未開の陋習だから改める」としているが明治一五年来日したドイツ人フェスカは「これは良法とは言えない。農業が集約精緻になって総収穫が増加しても純益の増加は必ずしもこれに比例しない。単に収穫額で地租を計算すれば何人も資金を投じて改良をしなくなる。農家の進歩を妨害することになる。」（日本地産論）と指摘している。

自作農の減少は明治一〇年代に貨幣価値の低落、物価の急騰が新政策で、土地持ちとなった自作農が農地や所有地を手放している。自然経済から商品経済化は販売する農産物がなければ当然貨幣経済に対応でない。販売できる作物を選び生産するにはまだ十年の時間をまたなくてはならなかった。これに耐えられず自作農は小作農に転落していったとされる。

特記した新制度の「オ」は西欧文明のなかの資本の本源的蓄積はすべての旧弊からの転換の仕上げと結実である。これまでの大名諸侯と武士の治世からの最大の変換であり西欧の文明を取り入れるためには最重要の政策でありそのための産業資本確立がはじまった訳である。したがって殖産政策は掲げられても勧農への費用と実効は明治中期になって漸《ようや》く現われてくる。

（3）農談会と産業組合

「農談会」は維新のすぐあとに農業技術の研究や意見交換をはじめた。その中心となったのは地主兼自作農家で藩制のころは高持百姓上層、豪農層であり維新後は一般農家にさきだって商品生産や農村での自由民権運動の推進、支持層ともなっていた。この層では米一町二反を栽培し、自作、自小作の七～八反、小作農の六反にくらべ技術と解明性に進んでいたといえる。（史稿）政府は自作農を含め勧農政策の推進に農談会運動を当らせた。農談会の運動は愛知県が最初といわれ、石川県、三重県、徳島県などですすめられてきていた（史稿）明治二七年第一回全国農事大会が東京浅草本願寺で開かれた。この後、農会法がつくられ前述した形となっていく。

なお、この頃つくられた種子交換会が今もつづいているのが秋田県種苗交換会である。秋田県の村々で働いていた石川理紀之助は県庁の民間人抜擢で県勧業課に官吏となる二十八歳のときであり、一〇年の後県職員を辞任したあとに農会が設立され会長となっている。

「産業組合」は人々の生活と消費についての協同組合として発展してきた。いくつかの法律案がつくられたが成立をみないままで明治三一年にはその数は三四六の産業組合または同様の機能を持った組合がつくられてきていた。

農村では信用と販売を主とする生産者組合であったが、やがて購買事業と加工・利用事業を行うようになる。筆者の小学生のころ自転車でリヤカーをひきながら配達と予約を聞いて回るおじさんがいた。どこかに「なにがし町信用販売購買利用組合」の看板があったが子供では読みきることができなかったことを覚えている。特に加工利用はそれまで隣りの集落の水車まで小麦を運んで粉にして帰るまでの時間の長かったことである。組合の利用・加工という事業はそれを無くしてくれた。

この産業組合はドイツの産業および経済組合法を母法として、協同組合原則に倣い社団法人として出発するが組織、運営については施行後の官庁の指導奨励などに民主的運営に欠ける点があったとされている。

産業組合にとっては法成立時の法制局長官平田東助（後農商務大臣、内務大臣）は先覚者の一人である。この人の椅子に座った銅像が九段下の交番の隣りにあったが、地下鉄工事で立ち退きにあい今は中央協同学園（東京都町田市）の正門の近くに移座されている。当時の小口芳昭中央学園長は「産業組合は農業だけではないのだが、農協中央会でお引き受けいたしました」と語っていた。いまも学園は先人の偉像を協同組合精神の教育の一端としている。その教育は昨今の「絆」を支える原点なのである。

（4）それぞれの対応

帝国農会は昭和一〇年二月の『東北地方農村に関する調査』の『凶作編』と『実態編』を作成した。産業組合は昭和七年第二八回全国産組大会で活動強化を始める。宮沢賢治はそれを「既知」として蓄える。それは賢治の肥料相談への批判、賢治独自の農家との接触また中央からの農本主義、農業団体指導への反撥などでそれらと隔離していたから印刷物の配付などはあるはずはないが、それを賢治が純粋に正直に実態をとらえ文学に転化したといえる。そして賢治は何よりも実直な農業科学者として実態のなかにいた人物であった。そこに産まれつくられたのが「雨ニモマケズ」である。乖離はなにより真っ当に冷害恐慌を詩にかえて今日に残し伝えた。それは今に続く農家、農業に、また地域をくぎるものに対して地を這う辛酸の雄叫びの「ヒドリ」の声となって聞くことができる。

二章　それぞれの「雨ニモマケズ」

一　「雨ニモマケズ」の「モ」について

知らなくて済まされる問題ではないので賢治の晩年と重なった昭和初期ほぼ一〇年間東北の農村、農家の被災について当時の内務省と農林省系の帝国農会が調査し発表した経緯と、その調査を担当した帝国農会という団体について、今は昔の物語のような起源についてふれてきたが、実はこのことの既知すなわち経過した時間とその現象の確実性を確認すること、すなわち時代考証の探索をしたわけである。時代考証は演劇では舞台を観る観客の知識、既知を人物、装置、そして俳優の人柄から発出される表現の力量とがその「舞台」の効果となる。もちろん最近のテレビドラマでも同様である。文字で伝える文学においても時代考証は当然緻密で正確でなくてはならないことはいうまでもない。賢治はこの昭和初期の経済恐慌・冷害凶作の八年間、病と闘いながらいくつもの作品を残してくれた。

前節で石川氏が「雨ニモマケズ」の「モ」について「文体的に文頭からいきなり「モ」がでてくるのはおかしい」としていることをとりあげた。たしかに石川氏のいくつかの例証についても「詩人のものなのである」と思った。しかしそれは石川氏の「既知」のなかに「雨ニモマケズ」の高い理解があるからこそ「新聞社の改変したこと」と指摘できたといえる。

賢治の生活環境は東北地方の真っ直中にありながら農家の人々のそれとはかけ離れた環境をつくりだすことに傾いていたとみることができる。なによりも大正一五年三月花巻農学校退職、羅須地人協会、肥料設計、伊豆大島旅行、東北砕石工場技師、そして上京三回また松田甚次郎、佐々木喜善、黄瀛《こうえい》らの来訪などであるがこれらから受ける農業問題、社会問題は農家はもとより専門的業務に従事している人たちより詳細で正確な理解をもっていたといえよう。たとえば年譜（堀尾青史編）の昭和二年七月中旬の方眼紙手帳に、「本年モ俗伝ノ如ク海温低ク不順ナル七月下旬ト八月トヲ迎フヘキヤ否ヤ」を調査する事項として「気温比較表、日照量、風速平均」などと記している。年譜には続けて「昔から岩手県では旱魃に凶作無しといい、多雨冷温の時は凶作になる。七月末の雨の降り具合について、あるいは降雨量について盛岡測候所の年々の記録を調べ、予報をきき、指導した農家へ対策を講じる」と記されている、そして七月一九日に測候所の福井規矩へ本日「諸方に手配を定め…充分安全な処理を」終える旨の礼状を送っている。

別の『宮沢賢治研究』（草野心平編）では日時はなく「寒害、水害、風害、旱魃、病害の予想ある度に、盛岡測候所や水沢天文台を訪れ、対策を講じ、農村を巡る。」とのみ記されている。昭和三年の項には「風雨の中を徹宵東奔西走した」とある。災害はその位置、季節などにより特異におきる。最近では海水温度の高低が旱魃と山林原野の火災をおこしまた地球の砂漠化の原因をつくる。また極地的に激甚な降雨などで災害をおこす。農業科学者賢治の年譜の災害名だけではものたりないといえる。しかし賢治はその都度対応していたことがあきらかになる。ともに貴重な気象条件と賢治文学の接点である。

1　賢治の「モ」と石川氏の「モ」

文体は作者の表現の特徴で文章がその様式の文法に副うかそわないかとはべつの事柄で、それがその作者の個性からの特徴となる。読者や信奉者はそれに魅せられる。賢治の場合は科学と民俗そして外国語の専門用語とその独特な翻訳といえよう。したがってそこから醸しだされる情景は日本国内であり東北であり、花巻の近くのできごとであるのに全く未知のヨーロッパのどこなのか、〈ここは天山北路であるか…〉（饗宴）となる。しかしここは「東北地方」といわれる農村であり、そこに長いこと住みついた人たちの協同して住んでいる現実の社会であり、できるだけ手助けしてあげなくてはならない人たちと一緒に暮らしている、という現実のなかなのであることを思い知らされる。それは賢治の「現在」におきていることであり、修得した「既知」のことである。

石川氏の文体論は賢治の特性を知らせてくれる。したがって当時、救援といわず「匡救《きょうきゅう》」・言行の悪いところをただし救うという考えからの救農議会となり、それが土木工事費となって恩恵的に市町村に配られた。そして一部の徴税担当者はその賃金から滞納されていた税金を差し引くということをした。匡《ただ》すべきことは理不尽にも救われるべき人たちのうえに降りかかっていたのである。しかしそのことを数量的にはかることはできない。また賢治が蓄積した「既知」の事柄も度量衡での計測はできない。ここに時代考証の必要性と重要性がある。また今に生きていることが感じられなければならない箴言《しんげん》となるのである。

2 歌詞に現れた「モ」

歌詞として書かれた詩句を「詞」といい「詩」とは別のものとしてあつかうのは漢詩のしきたりである。しかし「詩」としてつくられた詩句に「ふし・曲」がつけられて音楽、歌謡となる。漢詩や短歌はそれを吟詠、朗詠などよんでいる。とくに宮中歌会始めの節回しには特別の伝統がある。つぎによく歌われる歌曲、一般では流行歌・はやり歌といわれるもので世代をこえ歌われあるいはひっそりと残っている歌を次にあげてみる。

歌の題名	歌いだしの第一節	作詞者
旅の夜風	花モ嵐モ踏み越えて	西条八十
異国の丘	今日モ暮れ行く異国の丘に	増田幸治
曠野の開発	晴れたり今日モ暁の	
白蘭の歌	あの山かげにモ川辺にモ	久米正雄

勇敢なる水兵　煙モ見えず雲モなく風モ起こらず　佐々木信綱
軍艦マーチ　守るモ攻めるモ鉄の　鳥山啓
馬賊の歌　俺モゆくから君モゆけ
岸壁の母　母は来ました今日モ来た　藤田まさと
(題名から)　喜びモ悲しみモ幾く歳月　同名映画

今昔、硬軟とりまぜてみた。もちろん歌われなくなったものもあろう。だから「思い出の歌、懐かしのメロディー」といい、その歌詞、曲調にひたる。どうしてもいま九十歳を前後する人たちの若き時代の全盛の歌詞である。

一まづ無事にすんだ。
かぶとの鍬形の剣の楔一本、／打ち忘れられてゐた為に、／
風のふくたびに剣が揺れる。／／人知れず私はあとで涙を流した。

これは高村光太郎の詩「楠公銅像」大楠公楠正成公の製作にまつわる詩の一部である。皇居の南西、日比谷公園をはさむ日比谷濠のほとりに建っている。ここは皇居前の平坦なところである。

これに対し東京湾に屹立するようにして上野広小路を見おろし、浴衣の裾をひらめかし、猟犬を供に連れて建つ偉丈夫が、過去の振り袖火事のように江戸の町を焼くことはしないと、足下の広小路はもう造らなくてよいと口元に忍ばせている。一案に皇居近くや九段あたりが建立の候補地といわれたが、薩長や西南の役の戦死者をまつる招魂社とのことから、上野は徳川家の墓所でもあり火事との因縁からこことなったといわれているのが、西郷隆盛さんの銅像である。この銅像が建立されたあとに履いている足半草履が、鼻緒は右撚りとか左撚りとか民俗古民具界に恰好の話題を提供した。

この二像は立像ほどの高さの台座に、楠公は鎧兜で馬にまたがっている。ともに台座は四面が広がっている。ここに探し文を貼って連絡をまっている。なぜ銅像の台座にとおもうが、昭和二〇年頃の東京はあたり一面焼け野原、立ち木とてない、台座は頑丈な石でつくられていて、そして平らで滑らかである。もちろん貼りつける紙は小さい、ちょうど手頃というものだ。後から後から探し文を貼る人はつづいた。しかし前に貼った文をはがして貼る場所を占領しようとする人はいない。風雨ではがれるのを待つか貼られた紙のうえに重ねて貼られてはいた。困った人たちは律義なのだ。

首に下げた迷子札は読んでもらわなくては役にたたない。江戸の人ばかりではない。この札や文を書き貼る人は同じ悲しみの中にいる。そんな一体感は正直の塊《かたまり》なのだ。江戸の町では古くからこうしてきた、そうして生きてきた。

探し文の相手は「暮れゆく異国の丘」立っていたその人たちなのだ。その人は父であり夫であり子供であり、兄弟姉妹である。多くが国民皆兵、尽忠報国のため招集令状一枚で「召しいだされた」若者そして年齢はお構いなく再教育とかで招集された人たちである。

3　尋ね人

昭和二〇年秋から消息不明の人をさがし求める人がふえた。ＮＨＫの「尋ね人放送」は終戦翌年から一六年後の昭和三七年まで続いた。そのさがし求める人はただ限りなかったというほかはない。そのなかでもシベリア抑留という強制労働に従事させられた日本人は五十万人を超えている。ヒトラー・ナチスのユダヤ人の「ホロコースト」（大虐殺）にくらべられるほどといえる。伝聞にいう「日露戦争の仇を討った」とはこれを指しているのだろう。

ちょうどこれを記しているとき新聞（朝日）の読者の「声」の欄に久保田親閲氏の「元旦も強制労働のシベリア抑留」が掲載された。すでに数多くの抑留記は当時の状況を伝えてきた。改めて久保田氏の記録を拝読した。つぎはその抄録である。

昭和二一年の一二月三一日。シベリア抑留されて二度目の冬だった。夕方、パンとコーヒーとコーリャンのスープをすすり、眠りについた。午後11時に起こされた。元日午前0時から午前8時まで、炭鉱で作業があるからだ。

午後11時半、炭鉱に向う。総勢150人収容所の外に整列して点呼を受ける。気温はマイナス35度。銃を持ったソ連兵が1人ずつ数える。10分ほどかかる。じっとしていたら足は凍傷になる。…炭鉱まで約30分。100人は坑内、50人は選炭場へ。私は選炭作業。ベルトコンベヤーで流れてくる石炭の中から、不良炭を選別する。外なので、足踏みを止められないほど寒い。仲間の数人は凍傷のために足の指を切断した。…

日本にいればごちそうで新年を祝うところだが、捕虜ではどうにもならない。「あと何年続けなければならないのか」と思うと、気が遠くなった。だが、懐かしい故郷に帰ることができるという希望を捨てずに、みんな頑張ったのである。

軍歴一年　抑留二年　生き抜いて雑兵　すでに八十六歳

これが、「異国の丘」第一連第一行「今日も暮れゆく異国の丘に」のまえにある「異国の丘」地獄の姿であり、歌詞となっていないが歌唱となるべき言葉である。そしてこの抑留者を待つ親、兄弟姉妹、親族、職場の人々が帰りを待つ気持ちなのである。

ガス室は無かったが零下35度のなか重労働を強いられ、帰国すらできない、できなかった人たち、已むなくも歌った歌詞「今日も」に接続する人たちの気持ちである。文体のうえでのおかしさは違和感とはならなくなる。

冷害凶作、国内、国際の経済恐慌のことにもおきかえられるものである。したがって賢治は「雨ニモマケズ／風ニモマケズ」暮らし、生きている東北の、また日本中の人々に呼び掛ける気持ちを「詩」として後世に残した。したがってこれは彼の信奉する仏教の「詩偈」として書かれたものと言える詩なのである。

「尋ね人」は銅像の台座の人さがしの紙一枚からNHKの電波にかわった。探し尋ねる人と探されている人たちは「怒りはおし殺し」「悲しみには耐え」「苦しみは我慢する」そして「喜びはない」NHKの電波は繰り返し一六年間も続いたのである。そして尋ねあえない人たちは残されて老いた。

この苦しみもその人の既知である。冷害・凶作のそれも既知である。しかしそれを語ることなく、歌詞とならなくとも、歌うことはなくても人から人に伝わって残った。だから省略しても考えや思いは伝わった。この抑留、尋ね人さがしの詩句には承前や余韻は必要とはしないであろう。ましてや余韻を楽しみ、暗示をのこすことはその情感をうすめ、真実から遠ざけるものであり必要とはしないであろう。

賢治は「農耕」こそしていないが、農家と同じ視線で作物のことも、暮らし向きのことも感知できる位置にあり、また接触していたわけである。そこに山上憶良に並ぶ詩法または修辞の手腕を忍ばせていたのではなかろうか、それは読者と作者が一体となっていた。また演劇での演者と見者との最良最適の関係をつくりあげていたといえる。それは石川氏のいう「国民的な愛唱詩」を作りあげた。ふりかえれば賢治は花巻農学校の学生演劇の優れた演出家でもあったのだ。「農耕」の結果はその収入で家族を養いそして「再生産」を繰り返すことができる「経営」をいう。賢治はそれをしていない。

二 「雨ニモマケズ」の「ヒドリ」と「ヒデリ」について

1 「明治以来最高の詩」——谷川徹三の講演

このことの論議、論争は済んだことだとしている人たちがいても手帳で賢治の書いた「ヒドリ」の文字は消えない。多くの人は〈「ヒドリ」ですよ〉というと、〈えっ、そうですか「ヒデリ」じゃないんですか〉と問い返される。

「全然知らなかった」と答える人たちがいる。これは世の中を欺瞞したことである。谷川徹三が「雨ニモマケズ」（宮沢賢治のこと）と題して昭和一九年九月二十日、東京女子大学での講演の記録を終戦直前の六月二十日に日本叢書四として刊行されたもので、薄い藁半紙三一頁のものですでに黄色くなり周囲はぼろぼろとくずれているものが手元にある。谷川はそのなかで「雨ニモマケズ」の詩は「賢治の文学の特色を最も純粋に最も気高い形で出したもので…この詩の中に現れてゐる願ひの誠実に頭を下げるのであります」とのべられている。

そして「雨ニモマケズ」の詩が始めと終わりに二度に渡って引用されている。しかし二つとも「ヒデリ」と印刷されている。そして最終頁に著者略歴があり、京都帝国大学哲学科卒とある。確かに「雨ニモマケズ」の詩は名作選や全集で発表されている、それは「ヒドリ」が「ヒデリ」となったものである。したがってそれを用いると作者が感じとった事実と、意図する作品とその社会性が全く違ったものとなってしまう。哲学者谷川先生は欺かれたのである。しかし、十字屋書店が刊行した『宮沢賢治全集の第六巻の「手帳より」(二十二篇)の二九三頁に太字で「十一月三日」の項に(雨ニモマケズ)が集編されている。(昭和二十二年五月三十日第二版発行のもの)巻頭扉には「編纂」として七人が芳名を連ねている。これは「欺かれた」のではないと言いたいようにも見える。あるいはそれを否定する機会でもあるがこの全集の原稿が賢治の自書のものであれば当然、手帳の「ド」が印刷掲載されたであろう。すでに何冊かのものは「ヒデリ」でつくられていたから「手帳から」というが自書の原稿とはならない。勿論、賢治さん没後のことであるから刊行時の自書は考えられないことではある。「編纂谷川徹三」は欺きを返上する好機を逸したことになる。それは
ア　俗にいう学問的で庶衆の社会実情に欠けることから「ヒドリ」の理解が不足し、農村疲弊とその生活の事情の把握に齟齬を来たし、それらの人々を傍観者の位置から判断させようとし、災害救済に遅滞を招来する虞《おそ》れ

イ　人を欺むいても、公平を欠く社会生活を招来してもかまわないという無責任な事態を起する虞れ

哲学はギリシア語で愛智の意であるという。国際と国内の経済恐慌に曝されている東北の人たち、特に飯米にもこと欠き、せめてもの日雇い、わずかの日銭稼ぎの、賃ばたらきの口さえないそれが当時の東北の実態である。

谷川は東北と賢治の関係について「賢治の文学は東北地方と離して考えることはできません」として、「サムサノナツハオロオロアルキ」について時どき問題になる…これは東北地方の冷害を知ってゐる人には、直ぐ分かる言葉であります」として紹介しているが、ここではすぐ分かるはずの「ヒドリ」については説明がない、その筈である、最初と最後に朗読した「雨ニモマケズ」は確実に「ヒデリ」に改変改竄されたものであったからである。

講演の始めに朗読したあとに有名な「この詩を私は、明治以後の日本人の作った凡ゆる詩の中で最高の詩であると思ってゐます。」と話している。明治以後とはすべての日本の近現代詩をさすことになる。これは現代の哲学者の中の最高の哲学者の偽らざる誉めことばであるから、もし賢治が存命であったならどれ程か喜んだであろう。ただ残念なことは「ヒドリ」に触れる機会が失われていたことである。

谷川が「雨ニモマケズ」手帳の「ヒドリ」を「ヨクミキキシワカリ／ソシテワスレズ」の機会をえ

ていたら賢治が考え、意図し、憂いていたことがはっきりとし、伝えられさらに谷川の明快な哲学に組み込まれ「雨ニモマケズ」の詩文に謳われている「社稷《しゃしょく》の人」たちを励ますことに力あずかったであろう。まったく残念なことである。

谷川の賢治への理解は終わりに近づいて、事に臨んで平常心を失わない、腹の据わった人の態度のありかたに触れている。これは恐ろしい事で「今日の心がまえ」の本題である。それは拡大された戦線の相次ぐ玉砕である。

六月一五日サイパン島三万人玉砕、島民一万人自決

七月二一日グアム島一万八千人玉砕

八月三日テニヤン島八千人玉砕

などの悲報があいついだ。東条内閣は七月一八日に総辞職していた。そして本土決戦が現実のごとくとなり非戦闘員は自決あるのみといわれていた。

このことに対しての「今日の心がまへ」が演題とされていたのであろう。十六、七歳の女子大学生への覚悟のほどを説くはずでの講演を依頼されていたのではなかろうか。谷川はみごとにそれを躱《かわ》したといえよう。玄米四合を書き換えさせる愚鈍の政治に居所はあるまいといえる。人生の粋の哲学の表れである。

また神と仏について、親愛のこころがこめられ語られていることである。この東京女子大学の講演

の演題は「今日の心がまえ」だが「実は一人の人について、」しかも「その一人の人の一つの詩について」話をすることである。心がまえとは、「雨ニモマケズ」の最高の理解者に最高の誉め言葉としてその詩人の「詩」の話をさせることとは、まさに昭和十九年、銃後の乙女の覚悟を語れということであろう。しかし谷川は賢治の人間性の現れた詩をとりあげて話している。

そして「人間は神に対して傲慢であったり、叛逆したりすることがある。…賢治によって考えてゐる人間の道はどこまでも神からの道であり…また神への道であります。宮沢賢治は法華の信者でありましたから、神とは言わないで仏といってもよろしいが、私がここで神といふのは、その仏をも含むだ総称であります。」この頃、国家神道という考えはどの家にも皇大神宮をまつる神棚が義務づけられていた。なのに今日の心がまえが賢治の信ずる仏さまに限定的にうけとり、生徒たちがもし万一お上の咎めを受けないようにという配慮が感じられる。この考えのもとは神ながらの道の日本の神は他の信仰神を包摂するというもので、この神道には特に「経典としての理屈を書いたものはないが、古事記、日本書紀、あるいは祝詞、また万葉集のごときものは皆尊い経典」（筧克彦『古神道大義　完』）であるとしていた。それは賢治の詩「盗まれた白菜の根へ」の部分でみることができる。

盗人がここを通るたび／初冬の風になびき日にひかって／たしかにそれを嘲笑する／さうしてそれが日本思想／弥栄主義の勝利なのか

これは真っ向からの叛逆ととられる恐れがあり、また帝国農会や産業組合の第一線の技術者との軋轢を起こしていたことからも判る賢治の「近代思想」の一端である。

戦後、物議を醸した「玄米四合」には高村光太郎に「玄米四合の問題」という面白い随筆があるので要約すると

それは「この最低の食生活の標準は恐らくその当時のみじめな一般農家の食生活に基いたものであろう。…農家の人達の理不尽な困り方を眼の前に見て…彼等と同じやうな生活をやろうとして、断然独居自炊の生活なみの最低食生活をせずには居られなかったのである…私は岩手県にきて…「玄米四合ト味噌ト少シノ野菜」生活に賛成せず、機会ある毎に酪農計画をすすめ牛乳を一合で量らず、一リットルで量るほど廉く世上に豊富にゆきわたらせたいと述べるのは…日本の消極的健康を…世界水準の積極的健康にまで引上げたいからに外ならない。」(昭和二十二年二月)としている。これらは賢治を通じまた山荘暮らしからの尊い教えから得たたまものといえる。(『農民芸術』NO3・昭和二三年四月』)牛乳瓶のリットル化は一〇年ほどのちに某会社が消費拡大策として採用した。市民運動とか労組員の言い出しとかいわれているが実の話はここにあった。賢治の功徳といってもよかろうか。南無。

そして賢治は訴訟沙汰をいましめた。

北ニケンクワヤソショウガアレバ
ツマラナイカラヤメロトイヒ

と諭《さと》したのであるといえるが「喩」がなければ詩ではないとする論と「喩」があっては詩ではないとする論がある。この論について谷川徹三という思慮深い哲学者の配慮に依る事は、すでに負け戦に混乱している当時の軍部が誰彼かまわず勾留逮捕することへの哲学者の抵抗とみることはできないだろうか。講演のころの「時局」と十七、八歳の女子学生が聞き手であったことを重ねてふりかえってみると、すでに歴史の彼方のものとなっている。それは、戦後七十年、元号昭和がはじまってから八八年がすぎているからだけではない。谷川が明治以後の最高の詩としたのに対し中村稔氏が異論を呈した。

これについて小倉豊文が『雨ニモマケズ手帳新考』で〈中村稔氏が「現代詩」五月号（昭和三〇年）に「雨ニモマケズ」は僕にとって、あらゆる著作のなかで最も、とるにたらぬ作品〉としたことに「谷川氏の説教的な立場に反対していたことがわかるであろう。反対の為に過少評価してしまったとは思わないが、一般の偶像崇拝的な傾向を反省させられるものがあり、」と記している。

国際日本文化研究センターが「日文研シンポジウム」で「雨ニモマケズの心を探る」という会合が東京で開かれ山折哲雄さんの司会ですすめられた。その折り中村稔氏が次のように発言した。それは「北ニケンクワソショウガアレバ／ツマラナイカラヤメロトイヒ」などといってくださるな、信じてくださるな、訴訟は裁判を受ける権利です」というように話されたと筆者は記憶している、たしかに憲法三二条に記されている。その話に会場は笑い声がおこった。会場のひとたちは今日は斉藤宗二郎『二荊自叙伝』の刊行記念が討論の主題で、この人は「雨ニモマケズ」のなかの「デクノボー」その人であるとされていて「雨ニモマケズ」の心を探ろうとしている人たちの集まりといってもよい時にこの発言は場違いの感はまぬがれない。拙前書では具体的にふれず「高名な研究者がきていた」とのみ書いておいた。ここでとりあげたのは、その後昭和六三年（一九八八）三月刊行の『中村稔詩集一九四四－一九八六』一三八篇を拝読させてもらった。この詩集はその年の「芸術選奨励」受賞の輝かしい本である。そこからは小倉豊文のいう反対のための反対行動を起こすような考えかたを感じるものはなくほっとした。しかし感じたのは小倉豊文のいう「偶像崇拝的な傾向」と一部の集まりが決着済みと行っている現状とへの同意的なうなずきであった。それは逆説的批評の辛口で新しい「デクノボー」がつくられてくることへの期待そしてその詩群は自省を喩として詩の本体をつかみとろうとする姿勢の厳しさがただよっていた。裁判の法廷は裁くものと裁かれるもの、そして検察と弁護人とのまさに戦場である。そこで身につくもののもまた凄まじい物がある。そしてその事務を受け持つ法務省の職員にも他の経済担当の職員とは違う雰囲気をもっていると常々感じていたが、この詩集一三八篇はそれを受けとめて納めていたのである。

2 「遺作・雨ニモ負ケズ」と「原文・雨ニモマケズ」

賢治の一周忌の昭和九年九月二十一日の岩手日報四面「学芸欄第八十五輯に「遺作（最後のノートから）故宮沢賢治」の「雨ニモ負ケズ」で始まる「雨ニモマケズ」詩が掲載された。

石川栄助は「早池峯」（一九八九年一二月16号〈＊注 一九九〇年一月三〇日東奥日報参照〉のち自著『宝船』所収）に「雨ニモマケズ」の原文として「雨ニモマケズ手帳」から詩文をおこして発表した。それが次の上段が岩手日報の「遺作」、下段が石川栄助のおこした「原文」、「雨ニモマケズ」詩である。

(四)　　昭和九年九月

學藝
第八十五輯

宮澤賢治氏逝いて一年

遺作（最後のノートから）

故 宮澤賢治

雨ニモ負ケズ
風ニモ負ケズ
雪ニモ夏ノアツサモ負ケヌ

「雨ニモマケズ」の詩の原文

雨ニモマケズ
風ニモマケズ
雪ニモ夏ノ暑サニモマケヌ
丈夫ナカラダヲモチ
慾ハナク
決シテ瞋ラズ
イツモシヅカニワラッテヰル
一日ニ玄米四合ト
味噌ト少シノ野菜ヲタベ
アラユルコトヲ
ジブンヲカンジョウニ入レズニ
ヨクミキキシワカリ
ソシテワスレズ
野原ノ松ノ林ノ蔭ノ

岩手日報　　　　二十一日

丈夫ナカラダヲモチ
慾ハナク
決シテイカラズ
イツモシヅカニ　ワラツテヰル
一日ニ玄米四合ト味噌ト　少シノ野菜ヲタベ
アラユルコトニ　ジブンヲカンジヨウニ入レズ
ヨクミキキシ　ワカリ　ソシテワスレズ
野原ノ松ノ陰ノ
小サナ芽ブキノ　小屋ニヰテ
東ニ病氣ノ子供アレバ
行ツテ看病シテヤリ
西ニ疲レタ母アレバ
行ツテソノ稲ノ束ヲ負ヒ
南ニ死ニサウナ人アレバ
行ツテコワガラナクテモイヽトイヒ
北ニケンカヤ　ソシヨウガアレバ
ツマラナイカラヤメロトイヒ
ヒデリノトキハナミダヲナガシ
サムサノナツハオロオロアルキ
ミンナニ　デクノボウトヨバレ
ホメラレモセズ
クニサレズ
サウイフモノニ　ワタシハナリタイ

小サナ萓ブキノ小屋ニヰテ
東ニ病気ノコドモアレバ
行ッテ看病シテヤリ
西ニツカレタ母アレバ
行ッテソノ稲ノ束ヲ負ヒ
南ニ死ニサウナ人アレバ
行ッテコハガラナクテモイヽトイヒ
行ッテ北ニケンクヮヤソショウガアレバ
ツマラナイカラヤメロトイヒ
ヒドリノトキハナミダヲナガシ
サムサノナツハオロオロアルキ
ミンナニデクノボートヨバレ
ホメラレモセズ
クニモサレズ
サウイフモノニ
ワタシハナリタイ

「雨ニモマケズ」詩は昭和六年一一月三日に所持する手帳に書かれたものであり、賢治自身が加筆訂正しているものである。

「雨ニモマケズ手帳」は賢治没後の昭和九年二月十六日の第一回宮沢賢治友の会のとき発見され賢治の神秘性をたかめる一因ともなった。

引用した二つの「雨ニモマケズ」詩はそれらを含めもう一度読者へなにかを与えてくれるものとなるのではないだろうか。そしてこの「遺作」「原文」二つのほかに「誤字」・「雨ニモマケズ」詩がある。また石川九楊氏のいう「モ」を加えた七七調で「語呂がよくなったことで…国民的な愛唱詩となった」との賛辞と中村稔氏の「一番よくない」説とに読者は接することとなる。このお二方が賢治の生きた時代、そして当時の農家・百姓が味わい、味合わされた苦痛の生活を放念したなどと寸分言いませんが、柳田国男の指摘した「都市と農村」問題の今昔の不合と不幸せのことからの為業と思《おぼ》し召しをたまわりたいと思うのは筆者だけではないと願っている。

遺作、原文の二つを辞書（広辞苑その他）から次の説明を援用する。

「校合」（きょうごう・こうごう）：写本や印刷物などで、本文などの異同を、基準とする本や原稿と照らしあわせること。こうごう。

「原作」（げんさく）：もとの著作または製作。翻訳・改作・脚色などを行う前のもとの作品。

「遺作」（いさく）：死後に残された作品。かたみの作品。

辞書からえた説明はどれも当たり前の説明であった。したがって、辞書は世の中で通用する法則にしたがってつくられている。それを読み、理解し納得しなくては、世の中が乱れることになると思う。ところで、「雨ニモマケズ手帳」が発見されたとき八重樫祈美子と永瀬清子の婦人二人が参加していた。（別掲「私の好きな詩人永瀬清子」にそのときの記念写真参照）永瀬はこのときの様子を克明に書きのこしている。

また、四十町歩の農地を開放し、小作人が返してくれたわずかの田三反歩を耕して戦後の暮しを続け「農婦」として働いた。農業のことは賢治の作品で教えられたという。そして、岡山の農業とそこで農業をする「百姓」として演繹と帰納を繰り返しながら「農婦」となったといえよう。そこから「モナミ」でみた「雨ニモマケズ」にもりこまれた賢治の既知と「農婦」の経験の挿話がある。

村では隣り組のお節介な婦人に、夫と折り合いよく暮らしたいなら「詩を書くのはおやめなさいと面罵」されたという（藤原菜穂子『永瀬清子とともに』一四七頁）

しかし、永瀬清子はくじけなかった。藤原の「永瀬の次の一節」をさらに抄出すると

「詩とは必竟濃い空気の謂である。…通常人には幻想的にさえ思われる程の濃い空気を呼吸した。宮沢賢治に於いて私を牽くものは彼の吸った所の　空気、そして彼の湧けども湧けどもつきぬ愛情である。人は彼に修辞の華麗をのみ見がちであるが、彼はむしろ自然とけぢめもつかぬまでにとけ合ひ、客観した自然をうたふと云ふよりは、彼の内部の自然をあとからあとからさらけ出したのだ。」（『校本宮沢賢治全集』第十四巻、「ノート」筑摩書房）

それらを「時代の苦しみのなかで、自分の生き方考え方、また身体と詩の言葉がずれ、離されることに強い違和感を抱き、苦悩していた清子は、賢治詩のなかに、身体と言葉を分けない新しい詩の地平の出現を直感していたのではないだろうか。」としている。

いま、永瀬清子ありせば、「雨ニモマケズ」手帳を発見したときの様子を語ったならば、との思いに駆り立てられる。

永瀬清子は、明治三十九年二月十七日に生まれ、平成七年二月十七日逝去された。

3　ことば事映え

日本に住む人たちは日本の四季のよさを我が誇りとしている。しかし日常の生活ではそれは心配のこころ頼みの種となる。そしてそれは挨拶の言葉となって親愛度をもあらわす。

「今日はよいお天気で…」

「この雨早くやむといいのですが…」

「困ったものが降りまして…」

これが日常の挨拶でありその受け答えは親密であればあるほど日常の暮らしむきに直結する。べつに禅問答ではないから相手の悟りの到達程度をためすほどの深い意味はないが、もしその態度がいつもとちがうときには、それを察知し合うことができ、たがいに心配りがゆきとどくということになる。

漢土でこれが「御飯たべましたか」であり、あったという。この挨拶は「まだたべていないときは、自分の家にきてたべなさい。」という人情のこもった奥ゆかしい言葉だという。

日本の四季の梅雨時は勿論だが「雨降り」には気をつかう、柳田邦男の「歴史教育の話」六項（二四巻「国史と民族学」一〇五頁）にに次のような語りがある。

万人共同の興味は毎日の生活だが、老人が見聞を語らず、聴いて印象を保つ若い人々がなかったら、互ひに顔を付き合わせわかり切ったことばかりをくどかなければならぬ。だから天気の話しがすすめば忽ちめいめいの健康を問題にし、少し時間がたつとすぐ人の蔭口になってしまうやうな、いとわしい社会相が出現するのである。…その根底となるべき生活の常識が甚だしく狭く、眼の前の世相がいつの頃から斯うであったかを、知らぬばかりか、訝らうとせぬ者が多いのである。しかも話しを上手にするならば、欣然として耳を傾ける者が沢山に爰《ここ》に居る。

そこで柳田のいう「天気の話」にはどんなものがあるか、自然現象といわれる「天気の話」とはどんなものであるか日常の言葉をさぐってみると、

天候とは・ある地域の数日間以上の天気の状態をいう

天気とは・任意の場所の任意の時刻の気象状態をいう

気象とは・宇宙のおおもととその作用の現象をいう

「気」とは大気の状態および風雨、雷など大気中の諸現象をいうとある。次に人と気象の関係をあげると

（1）日和

ア　気象庁

気象事業を統括する官庁。鉄道省の所管であった中央気象台を昇格させて国土交通省の外局として国内の気象と自然現象を観測し、あわせて国外の資料とを加え、収集、解析し気象、地震に関連する予報警報などを公表して国民生活に寄与する。また、気象業務の国際協力や民間の気象事業を支援し

ている。

イ　日和

海上の天気、またその天気のよいこと

空模様。特によい天候、晴天

また、ある事をするのに、ふさわしい天候

事の成り行き、形勢

日和下駄の略

ａ日和見・天気模様を見る、事の成り行きをみて有利な方につく

ｂ日和見感染・非病原菌によっておこる感染

ｃ日和見主義・形勢をうかがい自分の都合のよい方につく。二股。

ｄ日和申し・日和になるように神に祈る。天気祭り

ｅ日和山・見晴らしがきき船人が海上の空模様を予測した山

（２）日照り

日が照ること、長い間雨が降らずに水が涸れること、旱魃《かんばつ》（というが古代は赫熱《かくねつ》ともちいたとも

転じてあるべき物の不足すること、また金銭のないこと。女日照り
また、日光が照り輝く日がよくさす、旱とも書く長い間雨が降らないこと
a日照り雨・日光がさしているのに降る雨。狐の嫁入り
b日照り雲・日没のころ夕焼けのように美しく紅色に染まった雲、天候が決まるしるし

（3）乾、干、旱、乾と旱魃

乾・乾く、乾かす、ほす、すすむ
干・ほ…す、ひ…る、かかわる
旱・かわく、ひでり、水分がなくからからになる
魃《ひでり》はひでりをおこす神のことで旱神《かんしん》のことをいう「鬼」と「はらいのける」で長いあいだ雨が降らず水がかれること。鬼神のこと

（4）雨乞い

ひでりの時、降雨を神仏に祈ること、祈雨、請雨

ａ雨乞い歌・民謡として諸国に伝わる
ｂ雨乞い踊り・雨乞い祭りに神仏に捧げる舞踊で、多くは太鼓を打ち、蓑、笠をつけて踊る
ｃ雨乞い小町・小野小町が歌を読み功を奏した伝説による歌曲、戯曲
ｄ雨乞いの使い・雨乞いのため神泉苑または諸社に遣わされる勅使

（５）俚諺と技術支援

天気についてのいい伝え、天気変化の経験的知識を諺にしたもの、またあたかも絵解きのように判りやすく伝えられた技術の格言または諺
ａ夕焼けは晴れ
ｂ朝焼けは雨の前兆
ｃ大雪の年は豊年
ｄ日照りに不作なし
ｅ梅雨どき晴れ三日麦畝《せ》取り（一畝、一反歩の１／10、即ち、反当10俵の収穫があること）
ｆ日照り一日一俵
ｇ味と色とは積算温度（果物、果菜）

h味と値段は日照時間（gと同じ）

（6）人体にも「気象病」としての影響があるといわれる。

三　昭和初期の花巻付近の気候

柳田国男の「歴史教育の話」の話題となるものは何であろうか、また「ヒドリ」という労働条件に属する言葉がなぜ「ヒデリ」という気象条件にすりかえられたのか、しかもそれが各自の健康や天気の話しからすぐにいとわしい陰口を言い合う「社会相」となってしまうのか。では天気の話しにはどんなものがあるのか幾つかの書物からさがしてみた。その幾つかは耳に残っているし今も使われている。

また、「雨ニモマケズ」の詩がつくられた昭和八年の盛岡、宮古、水沢の気象観測の記録は確かに「旱魃・干害」の年としての記録がある。そして別に「上作・豊年」の年でもあった、そしてこの昭和八年は豊作貧乏という言葉が農業用語で語りつがれる豊年の年となった。

「ヒデリ」のときと詩に書かれた昭和八年は災異年表には「上作・豊作」年にであり、昭和六年は、過去三二〇年の間に残る凶作の年であった。

〈表1〉1931（昭和6）年4～9月の盛岡における気温、雨量、日照および平年差（比）

月		4	5	6	7	8	9
気　温	本　年（℃）	6.4	11.6	16.4	18.4	23.1	17.9
	平年差（℃）	-1.1	-1.7	-1.1	-3.3	+0.2	-0.2
雨　量	本　年（mm）	156.4	68.3	137.9	79.1	223.3	199.2
	平年比（%）	155.5	73.9	121.8	46.9	144.8	110.7
日　照	本　年（hr）	174.9	205.3	141.4	164.1	154.6	128.5
	平年比（%）	90.3	96.6	76.1	100.7	84.3	86.9

昭和六年四～九月の気象状況を上の〈表1〉でみる。

しかしこの年は賢治が研究と教育からはなれ「東北採石工場技師」を命じられた（昭和六年旧一月一日）また二月一七日に同花巻出張所の開設によって人生が転換された。そして九月二〇日、神田区駿河台南甲賀町の八幡館ですぐ発熱した。父の厳命により二八日朝花巻駅に帰着して臥床し、やがて一一月三日「雨ニモマケズ」の詩を書き記すこととなる。

帰花の後は鈴木東蔵との連絡は「宮沢商会」が文書で行っている。この年の年譜の日録では東北砕石、鈴木東蔵の接続のない日はなく、そしてその仕事としての各県庁や農業関係機関への出張という石灰の販売拡張に使われていることが記録されている。（堀尾青史編）その記録のおわりに「元花農教諭予想」として七月初旬の分かつ数から過去数年と比べ「本年は平年作以下の減収」と観測していると発表したことが載せてある。多忙のなかの心遣いが感じられる。

ここで大正一五年・昭和元年をふりかえってみると、災異年報にある社会問題として次の記載がある。

「花巻では用水を盗み、告発されて裁判に付された者がある。しかし七月

〈表 2〉1926（大正 15）年5～7月の盛岡、宮古、水沢における雨量とその平年比

月＼地点			盛 岡	宮 古	水 沢
5		本 年（mm）	50.4	57.6	82.8
		平年比（%）	55	63	87
6		本 年（mm）	45.9	34.1	31.0
		平年比（%）	41	26	26
7	上旬	本 年（mm）	39.9	8.7	7.1
		平年比（%）	80	22	13
	中旬	本 年（mm）	24.5	37.7	61.1
		平年比（%）	39	77	95
	下旬	本 年（mm）	139.3	42.3	125.6
		平年比（%）	23	94	221

下旬かなりの降雨があった。」

〈表2〉がその雨量の地区別の平年比である。

その結末は「最終的には紫波郡下の不動村では、耕地面積五三一町歩（五二七ｈａ）のうち二四一町歩（二三九ｈａ）が皆無または半作以下、志波村では七七二町歩（七六六ｈａ）のうち被害面積五四五町歩（五四〇ｈａ）、古館村は二〇〇町歩（約二〇〇ｈａ）のうち皆無八〇町歩（約八〇ｈａ）、被害面積一二〇町歩（約一二〇ｈａ）で悲惨な状態であった。」

紫波郡は県の南方で宮城県に隣接する地区である。

この事から「ヒデリノトキハナミダヲナガシ」の詩語に変化すると一概してしまいそうであるが、岩手県災異年報の災害別記録の特掲欄にはこの大正一五年・昭和元年はそれまでの飢饉一八回、凶作四八回、不作四六回の凄まじい災害記録には記録されていない。それらはこれ以上の恐ろしい気象変化におそわれているそれが災異なのである。

これを「ヒデリ」と片仮名で書き旱魃を思いおこさせることに

はいささかの無理があろう。人々は長くその土地に住みつづけてきている。そしてまた住みつづけていかなくてはならないだろう。言葉は時代によって変わるという、しかしその本質は変わることはなかろう。とくにその昔の飢饉のとき人の肉をくったという恐ろしい言い伝えなど忘れることはない。

この大正一五年の六月から七月中旬まで内陸地方は水不足となり盛岡市内では井戸水がかれ恐慌をきたし、水不足で稲の六千町歩の植付けが不能であった。この年は賢治にとっては花巻農学校を退職し下根子桜の〝宮沢家の別荘〟を仮寓として独居、自炊生活を始めたときである。

四　賢治辞職、独居、自立の下根子の暮し

この年の四月一日、岩手日報朝刊に「新しい農村の／建設に努力する／花巻農学校を／辞職した宮沢先生」の記事がのっている。

六月、羅須地人協会を発足させのちこの日を農民祭日としての活動にはいった。そして翌二年三月、盛岡高農の後輩（農学実科）松田甚次郎ら二人の訪問をうける。松田らは二月一日の岩手日報夕刊にのった賢治の「農村文化の創造に努む／花巻の青年有志が／地人協会を組織し／自然に立ち返る」という記事を読んで賢治を訪ねた。その訪問のときの様子は『土に叫ぶ』の冒頭に詳しく記されている。

（昭和一三年五月二三日第一刷羽田書店発行）

岩手日報紙の賢治の記事はかなり懇切に賢治とその関係者について掲載している。それは農業関連というものと花巻の「宮沢マキ」に関連しての親交からのものの二種類があるように感じられる。

賢治は農学校退職、下根子での農耕生活、松田甚次郎らへの「懇々とした説諭」に自信と抱負をたかぶらせていたと推測しても許されると思える。「水盗みの告発」のことは「おなじ花巻の住人なのに」との同情と現実の対処について考えたであろう、身内ではないが農業という同業者でおそらく大きな自作農家や地主ではなく一時の日用取りもままならない小規模の農家ではなかろうか、それはヒデリの被害からのものか、権利の告発によるものかと考えていたであろう、そしてこの既知は昭和六年の一一月三日に正確に「ツマラナイ」のことだとの判断をくだして「ヤメロ」と詩偈に生成させたのであろう。用水を盗み告発事件がおこる、水争いの水論は「百姓」の知恵と経済力のなさを笑いものにする恰好の材料とされてきたが、この頃の租税と小作料の高率そして古くからの、割拠した藩政の仕組みから生じた非理そのものであり、なんとこれらの幾つかは昭和二〇年敗戦での占領政策まで続いたそのことこそ指弾されるものではないだろうか。

1　「下根子」の経営決算」菊池忠二の分析

賢治の文学作品には科学を軸に広汎な分野への興味をもった日常生活での出来ごとが専門家の眼と知識によって作りあげられている。さらには農山村の民俗伝承は、僻処の歴史とか稗史《はいし》とか俗伝とかと軽んじられているが、それを取りいれて作品としてきた。したがって佐々木喜善が家人に大喜びで花巻の賢治さんと親しみをこめて喜び家族に語っている。佐々木との親交は賢治の「ざしき童子のはなし」からはじまった。（昭和三年八月八日付け佐々木喜善あて書簡）

下根子の生活は短期間ではあったが、しかしそれは賢治の生涯で義務教育、中学校、盛岡高農、そして助手、花巻農学校のなかで最も現実的であり、最も幻想的であり続け、花巻地方の農家との濃厚な接触が実現した時間であった。菊池氏は大変な苦労をして「経済的基礎」を探索する。

従来、賢治の下根子での期間を「農耕に従事」（宮沢賢治研究・年表）とし、「本当の百姓」となることに勉めている姿を思い浮かべさせてきた。堀尾氏の年譜では「独居自炊の生活」とあり、六月末に「教え子菊池信一に「最初の日はやっと二坪ばかり、その次の日も二坪ちょっとばかり、…然し十坪位は楽ですよ」と語っている。そして年譜には「開墾地は北上川の岸近い沖積土のいわゆる砂畑二反四畝歩ほどで、家から二、三分で行けた。」とある、いまの「雨ニモ…」記念碑からみわたせるところである。これが「農耕」の原点となる耕地である。そしてこれが新規農家の元入れ資本といえる。

「農耕」については前節でおおまかに「その結果は家族を養いそして「再生産」を繰り返すことができる経営」とした。それには経営開始から一定期間の記録に基づいた収入と支出が合い償い、収入

〉支出とならなくては経営体とはいえず経営の成果があったことにはならない。

そこで菊池忠二氏が「賢治研究」53（1990．11）に寄せた「農耕生活の経済的基礎について」からその具体的なことを引用して見ることとする。

もともと、これは菊池氏が昭和五三年一〇月二〇日に岩手県立図書館での講演を「岩手日報」が翌日の夕刊に掲載した、その時の草稿を加筆訂正したものであるとの断り書きがつけられている。菊池氏は綿密に関係者から聞き取りをくりかえしてまとめられた。ここでは（1）はじめに、（2）農耕生活の経済的収入について、（3）経済的支出について、そして（4）まとめ、から要約しながら読むこととする。

2　菊池忠二の「農耕の経済的基礎について」（要約）

（1）　はじめに

羅須地人協会時代の宮沢賢治について考える時、いつも疑問に思うことがある。それは彼の独居自炊の農耕生活の経済が、どのようにしてまかなわれたのかという点である。宮沢賢治の三七年余りの生涯をみるならば、その大半が両親の庇護のもとに送られたといっても過言ではない。彼が生家から離れて独立自活した時期といえば、僅かに大正一〇年代の上京時代と羅須地人協会時代の二つがある。

…もとより宮沢賢治の農耕生活が、経済的充足なり利益の追及を目的としたものでない限り、ある程度それが犠牲にされることはやむおえないことであったかもしれない。けれども羅須地人協会による農村活動の挫折が、生活の破綻からくる身体的衰弱にも一つの原因があったとすれば、農耕生活における経済性も全く無視することはできなかったはずである。

しかし、宮沢賢治の農耕生活の実際は、最初から経済的合理性（すなわち収支のバランス）を無視するか、あるいはそれに近いのが実情であった。そうだとすればいったい宮沢賢治は、何のために独立自活の農耕生活を始めたのであろうか、という新たな疑問さえ生じてくるのである。

したがってこの時期（大正一五年四月〜昭和三年八月）における農耕生活の経済的基礎を明らかにすることは、宮沢賢治の帰農の原因や、農村活動の社会的性格を解明する上にも一つの手がかりを与えてくれはしないかと考えられる。

引用が長くなったが菊池氏の疑問はつねに賢治＝農業・農村と農家の暮らしについての専門家といわれる人やその団体、組織などは冷静であった。たとえば松田甚次郎が卒業した楯岡町の県立楯岡農学校の卒業生でさらに松田が学んだ日本国民高等学校の成田啓五先生は松田甚次郎の早すぎた死に

「有名になりすぎた、地道に土にへばりついていたら」と残念がっていた。また山形県自治講習所の加藤所長は本間さまの屋敷を訪れ「小作地を耕作者に開放して下さい」と訴えことがある。賢治もまた小作地の開放を口にしたが、家、親類の反対をうけた、そして立ち消えている。

このことは農業や農家、農村にたいし外の人たちが冷淡、無関心ということではなかろうが、理解してもおのずと持ち分ができていてその持分はそこの人たちでまず考え対処することが、常態であり第一義的になりたたせるということを指している。そこで菊池氏は五人の協会会員に聞いた。会員たちはみな「いちように言葉をにごした」が、その意見や、憶測をまとめたものは次のようになる。

（2）　農耕生活の経済的収入について

①生家からの援助があったのではないか。
②ずいぶん一生懸命に原稿を書いておったから、原稿料がいくらか入ったのではないか。
③花巻農学校の先生の時、貯金でもしていたのを使ったのではないか。
④自分の持物（特に本類）をいくらか売ったりしていたのかもしれない。
⑤「宮沢まき」はみな金持だから、そのうちのどこからか借り入れしたのかもしれない。

協会員たちが語ったのは、いずれも憶測の域をでないものばかりで数量的には何一つ確定できそうなものはなかった。

第一に母イチさんが御馳走を運んだが受けつられない…金銭的援助をおこなったかは不明である。生家からの経済的援助は大正一五年一二月に、父へ二百円の送金を依頼したことを除いては考えられない。

第二の原稿料について。童話「雪渡り」を雑誌「愛国婦人」に発表（大正一〇年一二月）した時のものが唯一であったといわれている。

第三に教師時代における貯金については、宮沢賢治の俸給額は比較的高給であり、昇給の進度も早いことがわかる。宮沢賢治にとって、貯蓄しようと思えばその余裕は充分すぎるほどあったと考えていい。しかし三日と月給が身についたことがなかったといわれている。

第四の自己所有物の売却については、森荘已池氏や千葉恭氏の確実な記録が見える。森氏は「読み終わった本を…箱につめて東京の古本屋に売却したそうです」とのべている。この事実は、おそらく農耕生活の各年度を通じて行われたことではなかったのか。二年目の昭和二年六月には、早くも金策にかけずり回った時のことが作品に登場してくるのである。またある期間羅須地人協会で宮沢賢治と生活を共にしたという千葉恭氏は、蓄音器を売った時のことを「雪の降った冬の生活に苦しくなって」売却を頼んだものであった。賢治は〝百円か九〇円位でうって来ればよい。それ以上に売って来たら、それは君に上げよう〟。十字屋では二百五十円に買ってくれ、私は、そのまま賢治の前に出した。賢治はそれから九十円だけとり、あとは約束だからと言って私に寄こした。この時の売却代金が上京して音楽、勉強のための旅費であった。大正一五年一二月一二日に上京して、エスペラント、オルガン、セロ、タイプライター等の個人教授を受けたとある。なお不足が生じて、この時父政次郎へ二〇〇円の送金を依頼している。生活に行きづまるか、資金の必要にせまられれば、手持ちの蔵書や品物を売り払いながら一時的に経済的な窮迫をしのいでいたことがわかるのである。

第五の借金については、賢治自身の作品や関登久也の記録に、たとえば「金策」(作品第一〇七七番『春と修羅 第三集』)またその異稿、日付「一九二七、六、三〇」とあるから、農耕生活の二年目に入ってまもない時期に早くも借金を、作品「そもそも拙者ほんものの清教徒ならば」(創作年月日が不詳)などに残している。

関登久也は、「物語」の中でそうした借金の内容をやや詳細に伝えている。それによれば協会の運営を維持してゆくためにしばしば、花巻農学校時代の教え子であった大内金助の父親の所へ内証で宮沢賢治は金を借りに行った。父親は有名な花巻納豆の創始者で、賢治が借金の申し込みにゆくと、「幾らでもお金はお持ち下さい」とこころよく借(貸)してくれた。この金銭貸借は大内家の外に二、三の親戚、兄弟の家からも借りることはあった。父母には話さなかったが、実弟清六氏にはそれとなく連絡しておいたので…彼の死後若干の金が清六氏によって、大内家へ支払われた。現金の貸元ができたことは、彼の農耕生活や農村活動をひきのばすために何ほどかの役に立ったにちがいない。しかし大内家としても、たびたび借金の申し込みに来る賢治に対して、こころよくそれに応じたのは、必ずしも彼の生活信条なり農村活動に共鳴し、信頼してばかりのことではなかったであろう。そこには父政次郎や、宮沢一族に対する絶大な信用があってのことだと思われる。関登久也の述べるように「賢治の自立しようとする決意」がほんとうに「堅固だった」とするならば、借金すること自体がその自立性を妨げることになりはしなかったのだろうか。

以上協会員たちの証言から推定された農耕生活の収入源は、いずれも不安定であり不健全なことを免れないものばかりであった。とくに第四の自己所有物の売却や第五の借金においてそうである。

宮沢賢治が独居自炊の農耕生活をはじめるにあたって、いったいどのような経営計画を立てたのであろうか。

賢治が花巻農学校教諭の依願退職辞令をうけたのは大正一五年三月三一日である。岩手日報紙は翌日四月一日に記事にしている。（4．辞職、独居自立の項参照）辞職のことは農学校の人事であるから、学校の広報ですぐに発表される。しかしこの記事は賢治のその後の活動について書かれている。手回しのよい段取りといえよう。その中の「幸い同志の方が二十名ばかりありますので」とある、するとこれは農村青年を集めた団体がつくられると思うことができる。事実年譜に「羅須地人協会を旧盆の一六日に設立」とある。設立ということは会社、公益法人、協同組合や一般の社団がその目的を明らかにし、人が集まり、そして行う仕事と、進める人などについて、集まった人たちの同意にしたがって主務官庁の認可をえて、登記所で登記簿に記録される。たしかに二十人あまりの人が集まったというから「社団法人」であろう。しかもそこは宮沢家の建物であり、農耕のできる土地である。主宰者である賢治は宮沢家の跡取りであるから所有権者となり寄付することはありうる。あるいは賢治の気持ちのなかにはそれがあったかもしれないが確定的なものではないし「財団法人」ということでもない。すると当時からつい最近まで「人格なき社団」といわれた有志の集団となる。したがって課税はされないし、法の管理と利便を受けることはない。もちろん法人格をもたなければならないということではない。しかし「協会」を名のる以上は社会にたいして責任を負わなくてはならないが、それはできないから「幽霊法人」といわれる。ここまでは明治二九年四月二七日法八九号で明治三一年七月一六日に施行された民法に規定される社団法人の設立時の定款に記載されていなくてはならない。とすると、年譜、大正一五年六月一六日に「羅須地人協会を旧盆の一六日に設立」したとあるのはどういうことかとなる。通常ここまでのことは設立準備のためのことがらで設立準備者によって用意される。したがって「羅須地人協会は存在しない」ことになる。

さて次に「この日を農民祭日とする」とあるがこの事業は誰がどこで定めたものか不明である。賢治一人のものか、協会のきまりなのかで違ってくる。これらは設立総会か第一回の総会の議決をへて決められるものである。すなち団体や組織の「管理運営」と「理事者の選任」と「資産」「会員の資格と得喪」の定めなどが不備となる。すると意思決定、管理運営、事業の執行なども不明確になる。それは「法人の管理」（民法第二節）の定めに違反する。これらは法人を管理する国と地方庁が管轄している。

賢治の意図している羅須地人協会は社団法人であろうと推測してこれを記したが、財団あるいは営利法人をつくろうとしていたのであろうか。

しかしいずれにしても適正な管理であったとは言えない。賢治の構想には農耕、百姓をしながらさらに進んだ人としての教養をつみたいとの思いは国や県の縦割りや、文部省の教育などに満足ができなかった不完全燃焼の気持ちからべつの構想があって、既存のものへの反発が潜んでいたといえる。

それはデンマークの国民高等学校の学習方法とそれを取り入れ日本で実行されているものへの反発ではなかったか。直接批判や抗議の跡はないが、八つ当たり気味な詩がある。一つは「さうしたそれが日本思想／弥栄主義の勝利なのか」と噛んで吐き捨てるような二行〈盗まれた白菜の根へ〉と仲良しであったはずの岩手県国民高等学校の運営主事高野一司を「偽善的ナル主事」と書く。しかし石灰の売り込みでは「六原青年道場」「宮城県広淵干拓地」「岩崎開墾地」の責任者「高野一司」にはまさに「…ノ前デハハダシ」状態で販売拡張員の仕事を繰り返している。

デンマークの国民高等学校方式の教育方法を小中学校で一、二取り入れようとした例はあるが成功し継続していない。

賢治の理想教育、農村教育はデンマークの国民高等学校であったといえよう。県立の国民高等学校長は県内務部長、そして学校主事は日本国民高等学校加藤完治校長の直弟子の高野一司（県社会教育主事）で、教科は一六科目ほかに七科の課外講演があり、朝礼時には日本国民高等学校の儀礼の一部が取り入れられていた。デンマークの国民高等学校は那須皓の『国民高等学校と農民文明』により山形県自治講習所から『農村に於ける塾風教育』にあつめられる日本の国民高等学校へと発展した。一つだけデンマークの特徴をあげると、その学校にふさわしい校長先生が校長になり学校を開設することである。したがって官僚の支配下にあることは賢治としては我慢できなかったといってよかろう。年譜（堀尾青史）によれば大正一三年九月岡田良平文部大臣が学校劇禁止令をだしたことから「情操教育上音楽を奨励、楽器を与え、合奏を試みた」とある。この布令を探してみたが手にいれられなかった。「農民芸術概論綱要」の最後に「宮沢賢治一九二六年のその考があるのみである」が日付はここにだけあり、かなり具体的な「農民芸術の興隆」にはない、かりに県職員である花巻農学校教員が真っ向から文部大臣令にさからうような授業がこの時世に通用するであろうか。農学校退職の深い根とみることはできないだろうか。

賢治には国民高等学校の開設者たるべき者との自負があったのではないか。そして、そこでは演劇、文学、科学と農村とをつなぐ「農民芸術概論、農民芸術概論綱要、農民芸術の興隆」を溶け込ませたいとの思いがあった。しかしこれだけでは世人は空論としてしまいかねない。そこで実践、実行の場として下根子の「土」を選び、羅須地人協会を目印として設立し実践行動であるとし証明しようとしたのではないか。

……おお朋だちよ　いっしょに正しい力をあわせ　われらのすべての
田園とわれらのすべての生活を一つの一つの第四次元の芸術に
創りあげようではないか……（農民芸術概論・農民芸術の綜合）

と鮮明な幟を上げたのである。第四次元のそこには行政の厭わしいきめごとはなく「世界のまことの幸福を索ね」る「道」がある・はずであった。

菊池忠二が「はじめに」で「宮沢賢治は何のために独立自活の農耕生活を始めたのであろうか、という新たな疑問さえ生じてくる」としているが、自我の確立と文部行政の現実は賢治をしてもがかせたのではないか、それはまた彼が身につけた農学と科学と教師生活での体験からやがてくる昭和初期のの冷害凶作、国内外の経済恐慌を予知察知するかのような対応策を考え作ろうとする行動であったのであろう。

しかし農家の人々との解決の方策と接点は容易に実現しなかったことである。それはこの度の東日本大震災でもいまだに政治と行政からみはなされたかの状態がある。それを国民はなぜと疑問視するがやがて無力を知らされる。しかしその中に東日本の人たちはいるのである。生き抜こうとしているのである。この気持ちに駆られる人の心根は天に通じても、通じない人と場所がある。

菊池忠二の指摘する「疑問」の一つは賢治の団体経営と会員の構えにあったのではないか。それは賢治の考えを支え補佐し賢治にかわって計画、指導する人、また賢治の動きよりも早く受け持ち分担し行動する職員または役員の存在である。これを「受け持ち分担、一心同体」（加藤完治校長の格言）という、そしてなによりも賢治よりもはやく気付き行動する同志といえる人物をもとめえなかったというのは酷であろうか。賢治にもそこに集まった人たちにも時間がたりなかった、いや大切な時間をうばいとってしまったものがあったと言える。

第六に農産物の販売による収入について調べてみた。いま宮沢賢治の栽培したと思われるいろいろな農作物の種類から創造（想像）してみるならば、閉鎖的な自給自足の経営を目指したとばかりは考えられない。なぜなら彼の趣味を考慮に入れたとしても、当時としてはきわめて商品性の高い作物だけが選ばれているからである。しかし逆に考えてみれば、これほど先進的な花卉や野菜が当時の花巻町内でどれほど売れる見込みがあったかは疑問である。

たとえば花卉としてヒアシンス、チューリップ、ダリア、カンナ、百合、グラジオラス、菊、朝顔、金魚草などが作品その他伝記的記録にみえる。また野菜としてジャガイモ、チサ、蕪、玉葱、白菜、赤蕪、甘藍、ゴボウ、雪菜、羽衣甘藍、トマト、アスパラガス。穀物としてはトウモロコシ、燕麦、大豆、小豆などがある。その他ドイツ唐檜の育苗が行われている。

この収穫物をどのように処理…十字屋版「宮沢賢治全集」別巻の年譜には「昭和二年、朝顔、菊、ダリア、トマトを栽培、白菜、甘藍、の収穫も多量に上がり、自らレアカーを引き町内に配給す」とある。おそらくは、花巻町内の親戚、知友人、その他希望の家庭に有料もしくは無料で配付したときのことを指すものであろう。同全集別巻の初版は、昭和一九年二月、戦時統制経済下の「配給」という語句があったが、しかし戦後の筑摩版全集の各年譜には収穫された花卉、野菜等の処理方法については何らの記述も見当たらない。最も新しく各種の資料、文献を網羅して作成された精細な校本全集第一四巻の年譜でもこの点についてはなにもふれられていない。

収穫物の行商は幾らかやっていたらしい。そのきっかけになったのは、佐藤隆房著『宮沢賢治』に、「長久寺の祖琳老僧が、賢治さんに向って〝金持ちに生まれて、慢心を起しちゃだめじゃな、花ッコ植えてるってか。それをみんなが買いに来るのを待っているようじ駄目だ。自分から売って歩かなくっちゃ駄目なんだ〟と言ったことから…始まりました。…家の人達は〝花売りだけは止してくれ〟言うのですが、そんなことには一向に頓着なしです」

生産物の販売によって、どの位の収入がもたらされたのか。それは賢治自身の作品や数多くの伝記的記録・資料によっても、何一つ明らかにされていない。ただ親友の藤原嘉藤治が「ある朝の宮沢賢治」と題して、この時期における生活費や収入の一面をわずかにうかがい知ることができるのみである。

（3）　経済的支出について

推定された種々の経済的収入に対して、大別して次の四つに分けることができる。

1生活費、2農耕経営費、3農村活動費、4その他臨時の出費、である、羅須地人協会活動のための社会的支出である。（物価一覧表関係は省略）千葉恭氏（蓄音器の売却）は自炊農耕生活の食事について「まことに粗食であった。私が煮たきをし約半年生活を共にした。一番困ったのは、毎日毎日、その日食うだけの米を町に買いにやらされた事だった。……米のない時は、〝トマトでも食べましょう〟といって、畑でとって来たトマトを　五つ六つ食べて腹の足しにしたこともあった」と回想している。この時期の簡素きわまりない生活というのは、小作貧農と同一水準の生活を維持しようとした宮沢賢治の深い意図があったとしても、彼自信（自身）貧弱な経済的営みの必然の結果にすぎなかったとさえいえるのである。

その外農耕経営費や農村活動費もまた宮沢賢治の経済にとっては、生活費以上の出費であったにちがいない。とくに農村活動を強く押し進めようとすれば自らの生活費をきりつめるいがいにその費用を捻出する方法がなかったのではなかろうか。

羅須地人協会の隣人であった伊藤忠一の回想によれば、畑作は元肥に牛糞を使うほか、現在の清浄栽培のようにすべて金肥が使われていたと言う事である。宮沢賢治が、調合肥料をのぞく各種類を自己の設計にもとづいて使ったものであろう。それにしても当時の農家で金肥が使えるのは、地主や自作農家に限られており、一般の自小作、小作農家には高価で手のとどかないものであったといわれている。伊藤忠一も宮沢賢治から肥料設計をしてもらったが、金肥が高いのでとても設計書通りにはやることができなかったと話していたことがある。

農村活動費のなかには、稲作の講演や肥料設計、巡回指導の交通費食費等がいっさい自弁で、謝礼を全く受けとらなかったといわれるから、たとえ花巻近在の範囲内であってもその費用や労力は、年間に見積ると少なくなかったにちがいない。

しかも宮沢賢治は、肥料設計や栽培指導による稲作が天候不順のため倒伏したり不作であったりすると、減収に見合う分の弁償までも果たそうとしているのである。羅須地人協会時代のものと推定される「方眼罫（紙）手帳」には、「肥料設計ニヨル万一ノ損失ハ弁償スベシ」と記入されている。羅須地人協会時代の生活費、農耕経営費、農村活動費その他の臨時の出費等主な支出面を考察してみても、前述の収入だけではどうにも収支のアンバランスを償い得ないことがわかってくる。したがって宮沢賢治の自炊農耕生活の基礎はきわめて薄弱なものであり、とうてい長期の生活に耐えられるものではなかったことが明らかである。もし宮沢賢治がほんとうに農村の改革を意図し、そのための実践活動を永続しようと欲したならば、自炊農耕生活の経済的側面に対してもある程度の計画と、収支のバランスを考えた合理的運営を画るべきではなかったのだろうか。

大正末年から昭和初年にかけての岩手における農村問題の深刻さを考えてみるならば、その解決には長期的な展望に立って、じっくりと取り組まざるを得なかったはずである。それにもかかわらず宮沢賢治の農耕生活は、すくなくとも経済的側面からみる限りあまりにも無計画であり、かつ無謀なものと思われてならないのである。

（4）まとめ

この点について宮沢賢治は、いったいどのように考えていたのであろうか。独居自炊生活の農耕生活をはじめて約八か月後の大正一五年一二月一五日、父政次郎へあてた手紙…この時彼は…エスペラントやオルガン、セロ、タイプライター等の講習を受けたり、その他の勉学を深めるため上京していたのであった。

「…いくらわたくしでも今日の時代に恆産のなく定収のないことがどんなに辛くひどいことか、むしろ巨きな不徳であるやうのことは一日一日に身にしみて判って参りますから、いつまでもうちにご迷惑をかけたりあとあと累を清六や誰かに及ぼしたりするやうなことは決していたしません。わたしは決して意思が弱いのではありません。あまり生活の他の一面に強い意志を用いてゐる関係から斯ういふ方にまで力が及ばないのであります。そしてみなさまのご心配になるのはじつにこのわたくしのいちばんすきまのある弱い部分についてばかりなのですから考へるとじっさいぐるぐるして居ても立ってもゐられなくさへなります。……」

これは上京中、父へ、生活費や講習料に使うため二〇〇円の送金を依頼した時の手紙の一節である。生活の経済的基礎を全く持たなかった彼の極度の焦燥が感じとられる文面であるし、またそれを自己の最大の弱点と自覚していたこともうなずける手紙である。「生活の他の一面」とは、上記手紙の三日前（一二月一二日付）に同じ父へあてた手紙の一節では

「…これらから得た材料は決して無効にはいたしません、みんな新しく構造し建築して小さいながらみんなといっしょに無上菩提に至る橋梁を架し、みなさまの御恩に報ひやうと思います…」と書かれている。

…「あまり生活の他の一面（つまり無上菩提に至る橋梁の構築）に強い意志を用いてゐる関係から斯ういう方（すなわち生活の経済面）にまで力が及ばないのであります」という意味になってくる。宮沢賢治は「無上菩提に至る橋梁の構築」が農民のための利他的実践によって可能になると信じていたふしがある。

このように宮沢賢治が無上菩提に至る橋梁を架するため利他的実践に全力を上げて精進すればするほど、農耕生活における経済面とのギャップは、ますます拡大されてゆくことになったのであろう。宮沢賢治のこの利他的実践こそは自炊農耕生活の経済性を無視し、破綻させる要因となったものである。

父政次郎にあてた同じ日付（一二月一二日）の手紙の中で

「遊び事に終わるかどうかはこれからの正しい動機の固執と、あらゆる欲情の転向と、倦まない努力とが伴ふかどうかによって決まります。生意気だと思はないでどうかこの向いた方へ向かせて進ませてください」

と訴えている。…これらの手紙には自分の状況報告と共に自己自身の主体的なあり方を重視し、それを強調する姿勢がつよくみられるようである。仮に父親に対する金の無心という引け目があったとしても、この時期における宮沢賢治の志向の本質が何であったかを、かなり明白にこれらの手紙は表していると思われる。

したがって宮沢賢治の羅須地人協会による農村活動は、「無上菩提に至る橋梁」の構築という宗教的命題を己れ自身に課して、その可能性をあくまでも追及しかつ検証しようとした、一つの思想運動であったと考えられる。そして思想運動であったが故にそれが挫折することによって、逆に思想としての栄光がかちとられたのではないだろうか。つまり「無上菩提に至る橋梁」というのは、実際の農耕生活や農村活動が失敗し、挫折することによってしか構築され得ないという、そういう性質をもっていたのではないかと考えられる。

宮沢賢治が営んだ独居自炊の農耕生活の経済的実態は、それを基盤とした農村活動の社会的性格をはからずも浮き彫りにしているし、またその本質を側面から物語って余すところがないように思われるのである。

（註）本稿は昭和五三年一〇月二〇日、岩手県立図書館で開かれた「賢治を語る夕」で講演し、翌二一日付の「岩手日報」夕刊にその大要が紹介された時の草稿を加筆訂正したものです。

長い引用になったが、これを掲載した「賢治研究53」が宮沢賢治研究会にも品切れとなっているからである。

菊池忠二氏の丹精のこもった「賢治下根子の暮しの実状」を、菊池氏は少ない当時のことどもを関係者の記憶から教えてくださった。その多くは疑問を呈しながらも実態を紹介している。下根子の暮しはやはり謎の多いものでしたと「4まとめ」の「無上菩提に至る橋梁」を渡ることには難しく困難なこととしている。賢治は仏法に忠実であったが出家しない在家の信者として生涯を閉じた。日本の多くの人は仏教徒といわれる、その人たちに向けたものか、また入信を進めることへのものであったのかは賢治自身がいう「私は在家の信者」の意味を解明をしなくてはならないことである。

菊池氏の論述のあと、照内きよみ氏の「『グスコーブドリの伝記』の彼方に」――飢饉は山から降りてくるか、あるいは村の渇きは救われるのか（KOMAYUMI・第13号・2010年11月10日・編集・発行人成田豊人・北秋田市）を読み返した。その最終部分に次のように記されている。

〈ブドリの死は賢治の陥穽《かんせい》である。賢治はいつもなにものかになりたくてあがいていたが、なにものにもなれなかったという思いを抱いている。ブドリの犠牲死とした（か）思えない死の行動に、「すべてのもののしあわせ」を求めて、「本統の百姓」になれなかった賢治の悔恨と贖罪を読み取ることはうがった見方だろうか。賢治における宗教的心情と死の位相を把握することなしに、ブドリの死を理解することはできないのではないだろうかと思いつつ、今はまだ言及すべくもないが、わたしのなかの宮沢賢治は新たな問いとなって膨張し続けている。〉

（注）引用文は『新修　宮沢　賢治全集』による。（宮沢賢治ノート　四）

また、照内氏の最終節の誘因部分が前後したがつぎのようにある。

詩人中村稔は、「宮沢賢治伝説から宮沢賢治の文学をとりもどしたい」と書き著した。二冊の賢治論の中で『グスコーブドリの伝記』に賢治の生涯をたどりながら「グスコーブドリは宮沢賢治精神の自画像のように似ている」といい、「ありうべかりし賢治の伝記」を読み取っている。中村稔が、聖・賢治から人間あるいは作家賢治へと引き戻すべく託した想いとは裏腹に、いまなお、グスコーブドリと賢治を同一視し、三十七年の短い生涯を、犠牲死の美しさと称賛する言辞が後を絶たない。農民の悲惨な現実をまのあたりにして、「オロオロアルキ」、「おれではだめなのかな」と嘆きながら、童話という形式をもってしか現実と対峙しえなかった賢治はどこにもいない。

照内きよみ氏の考究はさらにすすんでいると思って心待ちにしている読者、賢治愛好家は多く待ち望み期待している。

3　事業と人と

この言葉が科学的な言葉でなく、また法令の定めに依らないものとしても、世の中の人々の口にのぼり伝えられていくと、それは「いつでも、またどこでも、一定の条件でなりたち、普遍的、必然的なもの」となり「法則」といわれる。具体的には「自然の法則」などはその一つである。そのことはまた自然条件のもとで行われる農業が主な農家で多く用いられることから、たとえその確率がたかくても俚言、俚諺としてさげすまれる。しかしその根拠は大数の寄り集まった結果と、膨大な時間の集積によってつくられた統計値と言うことができる。陸の農業・百姓にとって大切な指針となる。またこれは海の漁業・漁師にとっては生命にかかわる重要な「雲見、風聞き、空見」に欠くことのできない、熟達が必要な仕事である。

冷害凶作、海難事故、経済変動もまた経過や予測は努力はなされているがすべてを制御することは不可能というほかはない。そこで菊池氏と照内氏の論考とあわせて考えてみることとする。

（1） 出資出捐のこと

賢治は羅須地人協会で「集会案内」と「講義案内」をつくり会員に知らせている。「いわゆる人格のない社団」が発足している。しかしその運営方法とか経費の資金確保と支出などについてははっきりしたものはない。父への二百円の借金申しこみの手紙ではその存念はつづられている。しかも「あとあとまで累を清六や誰かに及ぼしたり」しないと誓約している。

財団であれ社団であれ事業をするときは少くともなにがしかの資金が用意されなくては、社会的信用を得ることはできない。すなわちそのためには近親者、協力者などから出資、出捐《しゅつえん》をえることなどして資金を確保することは可能であったろう。事実、没後賢治が残した借金は清六が宮沢家として返済しているのだから賢治が元気なときにできたことといえる。しかしこの頃の賢治の言動には父や関係者は理解はしても金員を提供することはしなかったのではないだろうか。また賢治もその努力は父への手紙にもない。「あまり生活の他の一面に強い意志を用いて」と弁解しているが、まさに二兎を追う状態といえる。照内氏のいう「なにものにもなれなかった」ことになってしまう、しまったのである。

この二〇〇円の借金苦は知識人賢治の「ヒドリ」状態を示している。農村の、農家の人たちは働くところさえ得ることは困難で「ヒドリ」の賃金さえままならず「ナミダ」をながしていたとき、上京して勉学のためとはいえ、父に借金をたのむというまさに「ヒドリ」に泣き、そして次々に声を出しつづけて借金のために啼いた。

（2） 協会の「集会案内」「講義案内」（別掲参照）

これがつくられるなら当然「事業計画、収支予算と決算」などの団体の基本となる事柄について検討、作成がなされていなくてはならない。国や県などからの資金助成や補助をうけることが、理念、方針や事業への介入をさけることが心配であるとしても、国民高等学校の本家のデンマークでは国家予算が配付されている。制度や歴史が異なるとしてもその理想に近づけることへの方法として、同志を集い組織づくりが考えられるべきではなかったかといえる。

（3） 事業は人なり

事業の推進には人、物、金が原動力となる。協会に会員があつまっても、ただ一人の先生賢治が農村活動ででかけているときは自習授業となってしまう、賢治の活動をやめることはしないで協会の他の事業をしなくてはならない。それには賢治を補佐し、また協会の方針や事業の推進を携わり、賢治の意志をまちがいなく進めることのできる考えと実行力のある人を配置しておくことがなければならなかった、しかし賢治一人がすべてを抱えこんでいた。事業体としてはあるべき姿とはいえない状態であったといえる。「金」はその人たちが苦心して募るものであろう。

（4） 協会と宗教との関係

前出の父との手紙にある「無上菩提に至る橋梁」としているが、はっきりと「仏教」をどう位置づける文言はない。昭和九年に出版された『農村に於ける塾風教育』（財・協調会）に全国の１３０余りの塾名が掲載されているが、そのなかには「農民福音学校」73校がのっている。その設立の趣旨には「デンマークのグルンドウィッヒの精神に従ひ…農村改造のために十字架を負ひて、突進する戦士を養成する」とある。また日本国民高等学校の目的には「農村の中心人物たるべき者の養成指導を為し依って農民の精神上物質上の発達並農村の改善を期するを以て其の目的とす」とあり、そのことを実践する「人」は、心身ともに健全でなくてはならない、そしてその拠り処となる知識、技術を伝える伝達の方法が円滑で好感しあうものでなくてはならない。師弟が起居を同じくし、農場で作物を育て、教室で考えあうというのが理想的な教育方法と考えられていた。デンマークの国民高等学校では農場実習はおこなわれることは少かったという。日本国民高等学校では濃密にこの方法がとられていた。

これらの新しい方法は明治維新後、資本主義への産業資本の確立や、殖産興業の施策のため、西欧農学の導入などが推進されて農業政策、農業教育にも分化があらわれた。それは「駒場農学」と日本古来の「老農技術」の葛藤があらわれ、その一端が賢治の処にもおしよせ、「農本主義」と「労農党」との接触となったといえよう。農家農村では「地主」と「農民」という対立の構図であらわれ小作争議の激化となった。

（5）「苗、半作」のこと

これが俚言、俚諺かいずれにしても賢治は優良な苗であった。しかし本畑、本田に定植したか、しないかのときに天災に見舞われたのか、自分で起こした強風に倒されたのか苗は成長をとめられ、未来とその結実を遠ざけた。農村農家では苗、半作の道理にしたがい、後進産業と位置づけられたまま賢治の「死」を見送るしかなかったのである。

たしかに賢治は種をまき、苗を育てた。水稲の場合は出穂まで子実をみることはできない。しかしトマトの場合は花弁が散り小さな青い顆粒が見える。だが、それが大きくなっても赤くならない。それは積算日照時間と積算温度が不足していることによるからで露地栽培では解消することはできない。そこで防寒加温と電気照明をおこなう、花卉栽培でも行われている、電照菊栽培である。また馬鈴薯の二期栽培のとき春化処理（バーナリゼーションという、越冬体験である）という方法で秋から冬にかけて収穫する。しかし慶長三年（１５９８）和蘭《おらんだ》船がつたえてから栽培され別名を「二度芋（薯）二作芋」とよばれ作られてきた。収穫した薯を土間におくとそのなかの幾つかから発芽する。しかし全ての芋が発芽するわけではなく、発芽のきざしのあるものを畑に播けば二度の収穫がえられる。秋田県の石川理紀之助翁は明治一七年から二一年の六年間に六一〇〇余人の凶饉による餓死者をみて「かかる事に目をそそがざれば、世の沙汰にもならざるなり」として、凶饉への対策として「夏馬鈴薯」を作ることを提唱実施する。種芋の発芽は春馬鈴薯の保存にあったようだが、あきらかに寒冷ににはならないが避暑で保存することで発芽を促進させている。ルイセンコやミチュウリン（ソ連農学者）に教えをうけるまでのことはかなったといえるようである。

賢治が先進的に西洋野菜や花卉（洋花類）をつくりレヤカーで町中を売り歩く、それは確かに見て学ばせ知らせる啓蒙となる。そして長続きすれば、それらはほとんど換金作物として、商品化率をたかめる、したがって物々交換という遅れから少しでも近代経済に近付くかもしれない、と言う農業近代化論は形式的観念的ということになるのか。賢治批判の俄か論ということになってしまうのかの別れ道である。

筆者も昭和六、七年頃、父が農事試験場からわけてもらった萵苣《ちしゃ》の苗二、三本が畑にあり、夏の朝父につれられて下の方の葉をちぎって朝餉で食べたことがある。その後、戦争が終わるまでその名も実物もみることはなかったが、戦後アメリカ兵が土壌検査で蛔虫卵《かいちゅう》がない畑で、またハイドロポニックで水耕栽培した同じ科のレタスに市場も台所も完全に占拠されてしまった。賢治の先見性は少し早すぎたといえる。しかし、賢治の行動はいかに良い苗を作り、いかに立派な農業者を育てるかを目標にしたもので、病苦をおしての決断であったといえる。したがって「一つの思想運動であったと考えられる。そして思想運動であったが故にそれが挫折することによって、逆に思想としての栄光がかちとられたのではないか」とすることは賢治と東北地域の農業に関係する人たちが「無上の菩提」への到達を遅れさせ、あるいは、過酷な状態からの脱出をおくらせることになる。理念と現実との間に宗教心が芽生えたとしても農家、農村、農業は好転への機会を遠ざけ弱められることになるといえる。国家は国会議決によって冷害、飢饉、経済恐慌にあえぐ人たちを匡（言行の悪いところを正しくする）救（来世、現世での罪、苦患を免れさせる）としている「匡救政策」を行うとし、行ったのである。

（6）「段取り半分」のこと

苗、半作も自然条件のみでできるものではないから、優れた苗はさらに発達した施設と進歩した技術によってもたらされる。するとこれらは自然条件のもとで行われる農業、林業、漁業ではまさに「お天気次第」となる。これらもそうだが、他の産業で「段取り半分」が使われる。建築でも機械工場でも単純なものから、流れ作業のものまで段取りの具合の善し悪しは一分単位の誤差など許されない。それにくらべ農業教育はおおらかなものといえる。賢治が盛岡高農でしていた化学の分析はさらに緻密さがもとめられる、一時賢治はこれに懐疑したことがある。そこで、もし地人協会の構成、運営に一歩立ち止まって「さて」と考えていたら協会の拡大と発展が達成されたのではないだろうか。自然をはなれた自然人は、おおらかであるまえにその実態の分析と改善点を探す余裕を持ってほしかった。それが自然のなかで営む農業の違いといえる。百姓は自然のなかから「苗、半作」と「段取り半分」の暮しをしてきた、それがどん底状態であっても向上を求めて生きてきたのである。それに立ち向かう百姓こそ「段取り」の名人であったといえるのではないだろうか。そして農村、農家は不羈の才を備えた良苗を失ったのである。

別掲「集会案内」「講義案内」『宮沢賢治全集』10
一九九六年五月一五日
第一二刷発行・筑摩書房

集会案内

一、今年は作も悪く、お互ひ思ふやうに仕事も進みませんでしたが、いづれ、明暗は交替し、新らしいいゝ歳も来ませうから、農業全体に巨きな希望を載せて、次の仕度にかかりませう。

二、就て、定期の集りを、十二月一日の午后一時から四時まで、協会で開きます。日も短しどなたもまだ忙がしいのですから、お出でならば必ず一時までにねがひます。弁当をもってきて、こっちでたべるもいいでせう。

三、その節次のことをやります。予めご準備ください。

　冬間製作品分担の協議

　製作品、種苗等交換売買の予約

　新入会員に就ての協議

　持寄競売……本、絵葉書、楽器、レコード、農具　不要のもの何でも出してください。

　　安かったら引っ込ませるだけでせう、……

四、今年は設備が何もなくて、学校らしいことはできません。けれども希望の方もありますので、まづ次のことをやってみます。

　十一月廿九日午前九時から

　われわれはどんな方法でわれわれに必要な科学を

　われわれのものにできるか　　一時間

　われわれに必須な化学の骨組み　　二時間

働いてゐる人ならば、誰でも教へてよこしてください。

五、それではご健闘を祈ります。

宮沢賢治

講義案内

一月十日（新暦）　農業ニ必須ナ化学ノ基礎
一月廿日（同上）　土壌学要綱
一月卅日（同上）　植物生理要綱　上部
二月十日（同上）　同上　　　　　下部
二月廿日（同上）　肥料学要綱　　上部
二月廿八日（同上）同上　　　　　下部
三月中　　エスペラント　地人芸術概論
　午前十時ヨリ午后三時マデ　時間厳守
資格ヲ問ハズ　参観モ歓迎　昼食御持参

三章　石川栄助の〈ヒドリ〉

一「四門出遊」の「北の門」に「行ッテ」いた

1「仏滅」と「大吉」と

かなり前のことになるが、賢治関係者から「雨ニモマケズ」の「ヒドリ」は「ヒデリ」でもなく「ヒトリ」でもなく「葬式の日取り」のことだという人が現れたよと、さる高名なお人から話しかけられた。その時は、ああそうですかと聞いていたが、どうもそのお方の口振りが軽視と侮蔑をもっていたように見えた。その後、仙台のヒドリ保護正統派女史から石川栄助氏の著書随筆集が送られてきた。このヒドリ正統派女史は石川栄助氏の亡くなった長女と学校が一緒で事故で亡くなるまで親交があり、その後は次女の妹さんと往き来していた。

送られてきたのは、昭和五三年刊行の『乙女座のスピカ』、平成二年の『宝船』、平成一〇年の『返り花』の三冊で親切に関係する項目の複写が添えられていた。

そこで刊行日順に先祖帰りすることとする。すでに愛読された方々には繰り返しになるが石川栄助さんを思いおこしていただければと思います。

まず、『乙女座のスピカ』の「仏滅　大吉」（初出・昭和四六年・一九七一、一二、二七　岩手日報）の書き出しに「暖かい日の午後、振りそで姿の若い女性をみかける。お祝い帰りか…お祝いや…おめでたの日はいつでもよかろうに…月へ旅行する現代でも、中国から伝わった六曜を気にかけているのであろう。」そして県の公民館の結婚式の、六曜ごとの結婚式の数「三百三十五回の中、先勝が五十四回、友引が六十三回、先負が五十三回、仏滅が八回、大安が九十六回、赤口が六十一回であった（昭和三十六年度）とし仏滅の名はだれがつけたのかと、いまさら反省させられたという。これは鎌倉時代の末期にわが国に伝わり、漢土、いまの中国の中世の頃の入学、任官、赴任などの日を占った迷信であったものが変遷をへるなかで、古人は神秘をいだき、字句に惑わされたものではないかとして腰折れに（謙遜した文）して「日と月の和より一引き六で除し余り一なら先勝と知れ」なお余りが二ならば友引、三ならば先負、四ならば仏滅、五ならば大安、零ならば赤口、である。例えば旧五月五日はいつの年でも、先負となる。

さてお判りになっただろうか、せめて次を読んで独り合点して膝をたたくことにする。

「六の曜の配日は全く人為的で、機械的であり、先人の気ままに配日したもので、少しも宿命的なものではない。しかし世間では六曜の名称によってか、大安の日を喜び、仏滅の日をきらう。もし大安の日を大凶、仏滅の日を仏生とでもしたなら、どんなことになるのであろうか。」とし、自分の長男の結婚式は祝日の二月十一日の仏滅として、お嫁さん宅と仏滅ですがと話したところ大賛成ということで、祝日の休みの日に混雑のない結婚式となった。両家大喜びのめでたし、めでたしとなった、という。

2　『宝船』「雨ニモマケズ」の詩の原文

「秋の賢治忌以来（平成元年）、有名な「雨ニモマケズ」の詩の原文が人々に反省されている。」で始まる忠告と反省の一文である。そこには少し不可解な説明不足がある。「この詩は三十行からなり、走り書きであるが、十分推敲したもので、十カ所も訂正している。これを編集した人々の識見とその労苦に感謝し、お陰でこの詩は定着している、この詩は大体原文の通りであるが、賢治が自在に手帳にしるした文と多少違っている。この原文は世間に定着している。」とし、定着している「雨ニモマケズ」の詩にならって並べて見たいとし掲載してさらにつぎの断り書きを添えている。

「この詩文は作者によってすでに十個所の訂正したものである。」

そして〈この詩を取り上げるとき、「編集子」が二十二行目の「行ッテ」を省き、二十四行目の「ヒドリ」を「ヒデリ」とした。五十余年たった今日、賢治の本意を考えながら、この訂正を反省したい。…これは四門遊観に関係する…〉としている。この「四門遊観」に関連する賢治のこととはなにを指しているか説明はない、この「四門」は釈迦が太子のころ東、南、西、北の城門から外出して庶衆の人たち、老人、病人、死者、出家者に出会い、この世を厭い、感じるところがあり出家を志したという伝説だが賢治が在家信者としてすごしたことと、出家しなかった理由、しなかった経緯が隠されていると感じられる。

したがって賢治が「病気ノコドモ」、「ツカレタ母」、「死ニサウナ人」「ケンクワヤソショウ」と関わる人たちへの思いの強さが「行ッテ」を先行させる文体として詩形を作り上げたといえる。石川九楊氏の「モ」の項と一致する賢治の研ぎ澄まされた詩心と詩法なのではないか。そして在家の信者としての特別な意味が感じられるのである。

3　「四門出遊」（遊観）のこと

賢治は釈尊が太子のころ歩んだ「四門遊観」、「四門出遊」の道を宮沢家の総領としての位置から「橋梁の構築」を歩む道として選び、出家をしないで実行するという方法を選んだ。これは若いころから仏道に親しんだ、あるいは親しみさせられた宮沢家、そして父からの教えに忠実であったことに起因するのではないか。しかし一方に若さと高等教育の場では、出家に対しある自覚があったのではないか、若さとその仲間たちは出家をして仏道にはいることは、隠棲または遁世などのことと短絡視する傾向があり、また人生太く短くなどと粋がったりする。それらへの答えとして心に期するところが釈尊の「四門出遊」が重くそして三帰依（仏と仏の教えそして教えを奉じる集団）は自分で選んだのであろう。それが賢治の詩ごころとなり、体のどこにでもはりつめていた賢治の粋加減となり文学活動

の根源となったと言えるのではなかろうか

この「四門出遊」のことは仏教の家にはどこからともなく備えられていた。また絵解き本として書店でも子供向けに売られていた。あるいは檀家向けに寺から配付されていたかもしれない。それが筆者の家の仏壇にも置かれていて叔母さんに読んでもらったことを覚えている。

4 「ヒデリ」より悲しい「ヒドリ」

石川栄助は「行ッテ」の使い方として賢治は強めて「行ッテ」を先にだしたものと思う、としている。「東ニ」「西ニ」「南ニ」という用い方を「編集子」は誤記であろうとして二十二行の「行ッテ」を余分のものとして省いた。また二十四行目の「ヒドリ」である。これはこの秋以来いくたびか論議されつつある。原文では明瞭に「ヒドリ」とあって「ヒデリ」とは読めない「ヒデリ」の誤記とは考え難い。二十五行目の「サムサノナツ……」に対して「編集子」は二十四行を「ヒデリ（旱魃）」を（と）対《つい》に考えたのであろうか、岩手地方では度々の旱魃に苦労しているが、それ以上に冷害について涙している。

「また「ヒデリ」を手間取りという人もあるが、この地方は手間取りのあることは有難いことで、手間取りには喜びはするものの涙を流しはしない。涙を流すのはもっと悲しいことを指していた。この二十四行と二十五行は「旱魃と冷害」の対でなく「人生と自然」の対を詩ったものであろう。「雨ニモマケズ」のこの詩は賢治が恒ね恒ね考えていた人間の理想像をうたって」いたものであるとしている。

それらを約《つづ》めて「体を丈夫にし／慾はなく／人々に親切にし／天命に従う」となり、そういう人を理想とした。賢治の信仰がここに行き、人生の終極の別れに涙し、自然を恐れ悟りの諦観を意味している。「ヒドリ」は「ヒデリ」より悲しい事柄であった。

5　「編集子」の謎の存在

〈「雨ニモマケズ」の詩の原文〉で「編集子」というのが出てくる。「編集子」というのだから大方は、書物であり、印刷物で新聞、雑誌などであろう。ここでは限定的に「宮沢賢治」についての印刷物で、全集、単行本、評論集などと思える。するとそうした印刷物の製作をする人であるといえる。であれば「宮沢賢治の何々」という書物を製作している人、つまり出版社、または新聞社などで書物、新聞の発行に関係する「人」ということになる。これらの人はそのことに自覚と誇りを持ち、また企業であれば多かれ少なかれ「企業者意識」が働いてもおかしくない。そしてその帰属は鮮明でなくてはならないものといえる。それなのにただ「編集子」とだけ現れる。これでは「なぜ」の疑問が残る。

賢治の詩には一般で使われている言葉のほかに彼の専門の学問的用語や独特の用法からの詩語、そして地域の言葉が飛び出してくる。そしてこの「方言」を発声の抑揚までを含めて「標準語」の主導者たちは統一しようとする。相沢史郎（北上市の出身）が「日本語の根なる方言を切っては共通語が枯れる」と警告し、方言は〝アナタの母の乳の味〟なのだから大切にしなくてはと警告している。

学問的専門用語はその筋の専門家に正統の説明をもとめられるし求めてきた。方言という日本語で、それは母の乳をいただき育ってきた人たちに、その言語のもっている正統なことがらをきけば良いことではないか。国際会議で世界の言葉を同時通訳しているように、滑らかに、速やかに、そして新幹線のようにみんなの思いを積み込んで走ればよい。

さて、石川栄助が「編集子」としたことはその人の名前を明らかにすることや、その所属するところの名前などを記すことに不都合があり、関係者（会社、団体、または個人とその家族）に迷惑が及ぶと判断してのことではないかと想像できないか、すると前述の石川九楊氏も「雨ニモマケズ」の詩は「地元紙が…勝手に改変したからだ」とのみ記している、のもまたもう一つの疑問となる。関係者への迷惑を考えた石川栄助の心配りはその迷惑を起こす何かが存在しているということになる。そのちからとは何なのであろう。

石川栄助はこの「編集子」をのせた〈「雨ニモマケズ」の詩の原文〉を平成元年一二月に「早池峰・一六」に「編集子」という正体不明の人物を出現させた。

そして平成八年一一月一日の「ふるさとケセン」に〈宮沢雄造氏が「賢治祭に想う」で「雨ニモマケズ」のヒデリは原文のヒドリでよいことを発言した〉(平成八年七月「岩手経済研究一六四号)、〈私はこれを受けて七月十六日の岩手日報の声に「ヒドリとは宿命の悲しみ」を公にし、今回この誌にて「賢治のヒドリ」(へ)敷衍《ふえん》し〉たとある。なんとも時間のかかるもので、〈「雨ニモマケズ」の詩の原文〉を発表してから八年が経過している。この過ぎ去った時間のなかに「編集子」の明かされない正体が隠され潜んでいるのではといいえよう。

したがって石川九楊氏の「新聞社」も石川栄助の「編集子」も判明しそうにない。筆者も前拙書『宮沢賢治のヒドリ』のとき従来からさやかれていた真実に近付こうして出版社と相談し曲りなりにも想定したが、関係者へ配慮しなくてはならないとして取りやめた。この度も明らかにしてはと考えたがまた胸にしまった。前書では批評者が批評することなく、作者賢治の過去の性癖から類推する手法に疑問をもった。そして東京へ、中央へとの志向に偏ると、方言や古来の仕来たりへの嘲笑からにげられなくなる。己が自負するものと、違う道となってしまいかねない。地域の仲間が苦労しているのに、自分だけ良くなろうとはしないのが、地域に伝えられる民俗の大切さといえる。

しかし、この分では「ヒドリ」と「ヒデリ」の解決にはならない。石川九楊氏が指摘した事で識者はうなずき、石川栄助の懇切な引き合わせにそうだと合点されることであろう。それ以上は賢治さんの「ケンクワヤソショウガアレバ／ツマラナイカラヤメロトイヒ」の忠告にしたがうか、しかし改変や改竄を、また会員や愛好者の意志をないがしろにして、戦争前夜に起こった国会の「黙れ」事件のようではなく問答は有用であるとしたい。

日本国の国会では同一議会中に否決された議案は再審議しないが、わが宮沢賢治愛好の仲間たちはいつでもどこでも会員の自由の発言、自由な行動は確実に保証され、賢治さんのいう、「ヨクミキキシワカリ」しなくてはならないことであろう。

6　石川栄助の〈ヒドリ〉

〈「雨ニモマケズ」の詩の原文〉の締め括りに石川栄助は「ヒドリ」を辞典でみると「日を定める事」とあるが、一般には悲しい日どりを意味していた。少年時代隔年毎位に悲しみのあった古里水沢市では「ヒドリ」といえば悲しいことであった。花巻方面でも「ヒドリ」を悲しいものにしていたのであろうか。賢治は十一年前に最愛の妹トシ子と永訣している。〈「ヒドリ」は「ヒデリ」より悲しいことで、「日稼ぎ」でもなく、小倉豊文氏のいう「ヒトリ」でもなく、人生の悲しみの日、永訣によるヒドリである。〉とし、さらに結びの四行で次のことばを添えている。

「ヒドリ」は「雨ニモマケズ」の支柱であって、賢治の心は「ヒドリ」に涙したと改めて考えたとしている。

「この詩を美しく整えた編集子に感謝しているが、原詩をみながら賢治の本心がどこにあったかと気にしている。」

とある。これは宮沢雄造賢治記念館長の発言をうけて原文の手帳と「編集子」のものとの違いを認めていないことであり、前の四行につづけて「ヒドリ」は県南地方の方言であって、宮沢館長の語るようにこれをヒデリと思う人、ヒドリと思う人もあってよいが、「賢治の詩の原文はヒドリであった。」と書き加えている。

この「あってもよい」は大正七年・弟七歳、同十一年・姉十八歳、同十二年・兄十六歳、同十五年・父が倒れ、昭和四年・弟十三歳と父をのぞき相次ぐ不幸に見舞われた。近所の人々は「石川家のヒドリは、いよいよもって悪い」と語っていたという。そして、新解釈「ヒドリは葬式の日取り」説となるのである。

この石川家の不幸をなぜ〈「雨ニモマケズ」の詩の原文〉の始めに書いたのか、なぜ平成元年（昭和六三年）の話題としたか、かなり石川栄助の気配りによるものではないかと感じられる。「ド」と「デ」は話題として聖・賢治の言葉のどちらかであるとしても、「デ」をこのまま看過させてはならないこと、改変、改竄はある特定の人、例えば「編集子」というなにがしかの地位にある人、そして宮沢家の人、とくに賢治記念館の運営に当っている責任者へどのように影響してくるかなどである。特に雄造館長は一般の遺産と文学遺産の継承人であることから社会的な責任への配慮がなされなくてはならない。

そこで「雨ニモマケズ」詩を手帳から「編集した人々の識見とその労苦に感謝し、お陰でこの詩は定着している」とし、さらに「この詩を美しく整えた編集子に感謝している」とし敬意を表し締め括りながら「感謝しているが」と否定に近いことばで「原詩を見ながら賢治の本心がどこにあったかと気にしている。」と接続を少しおかしく、終わらせている。ここで振り返って見ると、雄造館長の「ヒドリ」でよい発言、編集子への美辞と礼賛、石川家の不幸の記述などを示して「ヒドリ」は葬式の日取り説を押し出して偽装を施し「ヒドリ」への回帰をうながしたのではないかと思える。

これは日本中ほとんどの人と、賢治愛好者で有る無しを問わず、原文の「ヒドリ」を見ること無しに「ヒデリ」だけを見させられていたからの結末で、否応なく「ヒデリ」と思いこまされた、からであるといえる。これはまさに偽りであるといわれても致し方なかろう。いまでも「雨ニモマケズ」詩碑の拓本は「ヒデリ」のままで販売されている。これは変えることはできないのか、記念会の巻紙式のものはあるが、多くの愛好者は拓本で詩碑を見た思いと揮毫した高村光太郎の筆跡に感じいって部屋飾りを楽しんでいるのではなかろうか。最初に踏み違えた、賢治の自筆とは異なるけれど「雨ニモマケズ」に、ここで特別に注意したいことを次に記したい。

（1）賢治の律義のこと

釈尊の「四遊」の門の四方角をそれぞれ「東」ニ病気ノコドモ、「西」ニツカレタ母、「南」ニ死ニサウナ人、の次それぞれ「行ッテ」を冠したのに「北」はすぐに、「北ニケンクワヤ」と具体的な事象をあげている。これは釈迦の四門出遊と出家への志への理解と尊崇をうたがわれかねない。それに気付いた賢治は赤色で「行ッテ」と追い書きをした。しかし「編集子」はこれを省いて、いや削除してしまう。明らかに　改竄と言われてもしかたないことである。

（2）原文を併記するなどの配慮

文学作品について、作者の存命中であれば意見交換ができる。死後に発見された文学作品はまずその原文を尊重し、かりに間違いなどがあれば八方の意見、学術の論考などを取り入れ少くとも原文と併記するなど配慮があってしかるべきものといえるのではないか。賢治の性癖などとしたり、説明無しで「誤記」の一言で校合《こうぎょう》済みとすることがあってはならないことではと思う。

（3）原文を直視すること

石川栄助はそのことを平成二年一月三十日東奥日報紙で「雨ニモマケズ」の詩の「原文」として指摘したのである。

7　数学、統計学への信用性

国立大学で統計学、数学の教授を勤める石川栄助はそれらの学問はその正確性と公表の迅速性が求められていることに精通している。戦後はそれに答える体制と内容の充実がはかられて、商工業でも、また自然産業の農業でも正確さと速さが気象条件にも対応できる体制が整えられてきていた。首相吉田茂は敗戦後、進駐軍の高官に「貴国の統計は杜撰です、敗戦の一因では」と問い詰められ吉田は「正確だったら立場は逆でした」と意地を張っていた、と元秘書官（当時衆議院議員）を自宅を訪ねたとき話してくれた。二万人余の農林省統計組織の廃止の是非が論じられていたときの余話である。

統計はこのように国家の存在をすら左右すると言う「信頼」が求められている。したがって学問もそうだが統計の作出に従事する部門と働く人たちの真摯な思いがこもる。

この最初の踏み違えの事の重大さから石川栄助はなんとかしなくてはと、その復元と本来の賢治の意図と、冷害凶作、あるいは喜ばしい日照りを通りこした旱魃、水飢饉に生活をさらされた「東北の農家、農村の救済」に心労を重ね続ける人たち、そして賢治への配慮にはかなりの複雑な段取りに苦心したのではなかろうか。

もし、仮にもこの「雨ニモマケズ」の詩が改変とか改竄とかで作家の意志とことなる贋造されたもの、贋ものであったとしたら、日本文学とはと問われかねない。そのときすでに作者の宮沢賢治は死去していて語ることはできない。石川栄助の履歴は数学、統計学が専門である。最も正確であり事実を集積して公にする、それが真実を証明する仕事となる。そして国立の教育機関の教授職にある、慎重の上に慎重であるべき立場の人であり、それが実現できる人であったと言える。

こうした苦難にあい耐えてきた人は「ゆるす」ことを知り寛恕《かんじょ》の度量をそなえ、おおらかな心で接することを弁えて物事にあたる。このようなとき「ヒデリ」と思い込まされてしまった人を恕すであろう。しかし思い込ました者を赦したわけではない。

そのことを締め括りとして「賢治の詩の原文はヒドリである」と念をおしたまでのことであり、解明に期限はないのである。

石川栄助は「賢治の本意」ではないとするもう一つは彼の国際的感覚と視野の広さにある。天文学と緯度観測という業務をしていたと言うわけではなかろうが、賢治の文学作品が翻訳され好評であるが、もしあの「雨ニモマケズ」の作品は他者によって改変されたものであるとの指摘をうけることへの危惧である。彼の国際的感覚はそれを知るに十分であった。そしてこれから翻訳されるものが「賢治の本意でない」ことを理解したうえでなされなくてはならない。誤字であるとすることもまた賢治の本意ではない。それは単なる原文尊重という意味だけではない。東北の農家、農村が負わされてきた時代とその生活の時代考証が物語る事実の歴史に待つまでもないことだからである。

それはまたすでに本当の原作品を知らないとはいえ翻訳された「雨ニモマケズ」をお読みくださった愛好者へ石川栄助が記した真意であるといえる。

世界の農業、農学に関わり、また宮沢賢治の文学を知り、知ろうとする人たちは賢治がこの詩や、童話を作ったときの農業事情を併せて考えるであろう、そのとき学問的な不合理を知ることであろう。それは石川が心配していること一致する不幸であるといえる。

この一連の「葬式のヒドリ」とは石川が苦心の果てに考えた「擬制」ではなかったかとみることができる。自分の家の悲しみから、ヒデリより悲しい「ヒドリ」と賢治の「ヒドリ」に置き換え謎のような「編集子」に感謝しながら「擬制」になぞらえ、そして「準・擬制」をつくり、仮にそうだと思わせながら、その違いを理解して貰う、これはなにより翻訳された日本文学の信用に関する大事なことの認識があっての慮《おもんぱか》りではなかったか、したがって、直接その仕事をした人たちの名前をふして、ただ「編集子」とするに止めたのではないかと考えられる。数学者の頭脳の冴えた処置であったのではないだろうか。

8　石川栄助とはどんな人か

「雨ニモマケズ」の「ヒドリ」と葬式の日取りについては平成二年刊行の『宝船』の175頁の「「雨ニモマケズ」の詩の原文」であきらかにし、平成五年四月に「わが半生記」を『返り花』に載せた。その書き始めはその苦難の半生記に始まる。

「石川栄助の半生記」『返り花』から

「私の旧家は水沢市吉小路にあり、西隣りは後藤新平伯の生家(註1)、北は旧水沢小学校のヒバ垣で、その西端にケンポナシの木が伸びていた。他人の保証人になった父はその広い土地と家をわずか二百円で手放し、六人の子供をかかえて日高小路の借家に移り、第八子として私はそこで生まれた…そのころ兄弟は十一人となり…父は半身不随の中風となった。大正十三年三月高等小学校を卒業(現在の中学二年卒)当然、丁稚をとおもっていたところ次兄に「教員検定試験を受けたら」と進められ、独学の道を歩むことになった。…六月に尋常科準教員を受験し、算術、理科、歴史の佳良証明書をいただいた。…大正十四年一月に水沢区裁判所の給仕となった、その間に尋常科の正教員検定を受験…翌年三月三日に合格…その三日前に父は他界していた。

…小学校本科正教員(師範学校卒業資格)を昭和二年二月に合格した。…「君は格定だけでは困る。今年開校の師範学校の専攻科に入れ、学資は頼母子講で続ける。」という有難い話があった。しかし次々に倒れる兄弟をみては謝絶しないわけには行かなかった。

折も折り緯度観測所の木村栄所長や池田徹郎課長（三代目の所長）からすすめられ…合格し、四月から緯度観測所高層気象係として上層気流の観測に励み…退庁後同僚とともに池田課長の下で数学・天文・気象を勉強した。昭和六年満州事変がおこり…夜業が続いた。…その間数学の研究論文を発表し、中等学校の数学科教員検定試験を…昭和十三年一月に合格した。

盛岡高等農林学校（現在の岩手大学農学部）の数学助教授に推されたのはこの年の三月であった。母が来盛したのはその年の桜さく春であった。助教授になった私の姿をみてよろこんでくれたが、その翌年の二月昇天した。…昭和二十四年六月新制大学が発足し学歴のない私が業績を認められ、岩手大学の数学講師、統計学担当を拝命した。三十七年統計学教授…四十九年岩手大学の図書館長…五十年四月定年により退職…名誉教授の称を受けた。生活学園短期大学の教授に…五十二年四月になり、五十五年三月退職した。岩手大学、富士大学[(註2)]生活学園短期大学等の非常勤講師となる。

昭和五十七年の春、勲三等旭日中綬章を受章する。


（註1）筆者は後藤新平生家をたずね「枝垂れ桂」の植えこみに見とれたことがあった。

（註2）「賢治の甥」・『宝船』所収。賢治の末妹クニさんの長男淳郎さんで経済学を担当し「宮沢賢治という人」（中日新聞連載）、昭和六十三年七月病を養うも五十三歳で永眠。没後令夫人が『伯父は宮沢賢治』の遺稿を

刊行した。この富士大学の近くの花巻市山の神六七〇番地には花巻市公設地方卸売市場がある。そこは昭和五一年五月二四日に開場し、六月一日から業務を開始した。四十三年をへて農産物商品化の市場が開設され、市民消費者へ安定した生鮮野菜の供給を毎日行える施設である。筆者はこの開場式に出席した思い出がある。また付近の赤松の天然一斉林は林学会で模範林といえる美林とされていた。賢治さんの詩「郊外」の「江釣子森の松むらばかり」の延長線上となるところである。

9　石川栄助の経歴

石川栄助の人となりは自書の半生記でその生活ぶりを知ることができたが、なお履歴書のようにまとめられた著書目録、報告文書、学歴、履歴が『返り花』に掲載されているのでそれを引用しておく。『返り花』は平成一〇年一〇月八日に一径庵（盛岡市愛宕町二二—四四）から発行されている。

なお石川栄助氏は平成十二年五月十三日、九十一歳で永眠された。

石川栄助の経歴　（自書『返り花』株式会社一径庵・一九九八年十月八日）より

1）石川栄助の主なる著書

書　　名	頁数	発行所	発行年
1．実用近代統計学	150	岩手大学統計研究会	1949.11
2．新実用統計の手引	120	岩手県統計協会	1950. 7
3．改訂増補実用近代統計学	250	岩手大学統計研究会	1951. 1
④．実用近代統計学（淡中校閲）（第339回日本図書館協会選定書 第１版～８版）	286	槇　書　店	1955.10
5．数学新事典（標本分布論、分担執筆）	881	東　洋　館	1958. 6
6．改訂新実用統計の手引（淡中校閲）（第１版～29版）	135	槇　書　店	1958. 9
7．統計雑話（第１版～２版）	161	槇　書　店	1961.11
⑧．実務家のための新統計学（第1222回日本図書館協会選定書　第１版～22版）	420	槇　書　店	1964. 6
⑨．統計の基礎（第1167回日本図書館協会選定書　第１版～３版）（石川明彦と共著）	141	槇　書　店	1973. 6
10. 落穂穂雑論（論文集）	299	一　径　庵	1975. 7
11. 現代数学小事典（分担執筆）（第１版～39版　'98.5.18	595	構　談　社	1977. 6
12. 数理科学余景（三訂増補）	88	一　径　庵	1990. 9
13. 改訂栄養統計学綱要（石川明彦と共著）	125	槇　書　店	1988.11
14. 暦（分担執筆）	270	ダイヤモンド社	1994.12

2）報告文書その他

書　　　名	頁数	発行所	発行年
1.岩手の俗信第1集（時制）	100	岩手県教育委員会	1952. 9
2.岩手の俗信第2集（天文、気象）	103	岩手県教育委員会	1954. 3
3.岩手の俗信第3集（心霊と占い）	117	岩手県教育委員会	1981. 1
4.岩手の俗信第4集（食物と保健）	125	岩手県教育委員会	1982. 3
5.岩手の俗信第5集（生　物）	135	岩手県教育委員会	1982. 3
6.岩手の俗信第6集（生　活）	136	岩手県教育委員会	1983. 3
7.おりふしの記	227	岩手日報社	1962. 1
8.続おりふしの記	290	岩手日報社	1970. 7
⑨.乙女座のスピカ（新おりふしの記　第1386回日本図書館協会選定書）	298	岩手日報社	1978. 7
10.迎春賦	258	トリョーコム	1986. 11
11.宝船	256	トリョーコム	1990. 8
12.返り花	279	一　径　庵	1998. 8
⑬.里の歳時（第1470回日本図書館協会選定書）	227	岩手俗信研究会	1980. 9
14.うたかたのささやき（歌と俳句）	44	一　径　庵	1986. 4
15.盛岡歳時記（杜の都第1巻12篇）	16	岩手俗信研究会	1971. 7
16.硯滴（河北新報、計数管）	19	盛岡天文同好会	1973. 2
17.ポエオテイアの森（星座の詩）	18	盛岡天文同好会	1973. 12
18.心琴抄（詩）	40	一　径　庵	1974. 10
19.教師と教え子の文集（栄助先生）（共同執筆）	160	石川先生退官記念会	1975. 3
20.朝日のかたすみ（朝日紙掲載のもの）	73	一　径　庵	1977. 6
㉑.盛岡百年記念誌（共同執筆）	336	盛　岡　市	1989. 9
22.句集「かたかごの花」	95	近代文芸社	1991. 11
23.政訂　朝日のかたすみに（朝日紙掲載のもの）	91	一　径　庵	1991. 11
24.思い出の四季の歌	35	一　径　庵	1992. 7

○印は日本図書館協会の選定図書

〈主なる職歴〉

大正14年1月 ～9月	岩手県水沢区裁判所給仕
大正15年3月	岩手県胆沢郡水沢尋常高等小学校尋常科訓導
昭和　2年4月	同校本科訓導
昭和　2年4月 ～13年3月	緯度観測所雇員
昭和13年3月	盛岡高等農林学校助教授
昭和24年6月	岩手大学講師兼盛岡農林専門学校教官
昭和26年3月	岩手大学講師兼盛岡農林専門学校教授
昭和26年7月	岩手大学助教授
昭和37年10月 ～50年4月	岩手大学教授
昭和41年4月 ～45年3月	岩手大学評議員、兼務
昭和41年4月 ～50年3月	岩手大学大学院農学研究科担当、兼務
昭和41年4月 ～平成3年3月	富士大学非常勤講師
昭和49年4月 ～50年4月	岩手大学付属図書館長、兼務
昭和50年4月 ～平成元年9月	岩手大学大学院農学研究科非常勤講師
昭和50年5月	岩手大学名誉教授
昭和52年4月 ～55年3月	生活学園短期大学教授、生活学園図書館長兼務
昭和55年4月 ～平成元年9月	生活学園短期大学非常勤講師
昭和57年4月	勲三等旭日中綬章を受く

3）石川栄助の略歴

〈主なる学歴〉

大正 13 年 3 月	岩手県胆沢郡水沢尋常高等小学校高等科卒業
大正 15 年 3 月	試験検定により小学校尋常科正教員免許状受領
昭和　2 年 2 月	試験検定により小学校本科正教員免許状受領
昭和 13 年 1 月	試験検定により師範学校中学校高等女学校数学科教員免許状受領
昭和 23 年 7 月～9 月	文部省内地研究員として緯度観測所において「凶年の周期」研究
昭和 25 年 5 月 ～ 26 年 3 月	昭和 25 年度文部省内地研究員として、東北大学理学部において淡中忠郎教授の下に標本分布論を研究
昭和 26 年 3 月	無試験により高等学校高等科数学科教員免許状受領

四章　花邨《はなむら》　詩人二人そして

一　「山荘」の鬼　末津きみの『高村山荘』

花邨の二人の詩人とは高村光太郎と宮沢賢治であることは自明として、そこに書き加えられる人の詩をかなり長い詩であるがお読み戴きたい。その作品は青森の詩人末津《みつ》きみの次の詩である。長編ではあるが読む人をあかすことなく〝鬼窟に棲む鬼と鬼〟の姿を見つけてくれる。

高村山荘

末津《みつ》きみ

風

1

風がせめぎあい
さがしあてた套屋の袋小路で
唸りをあげている
あけっぴろげの花芯をみせる
ジョージア・オキーフの花のよう
とぐろを巻く風の芯が

あらわに対峙する
とっくに冷えている囲炉裏で
燃える
二人の格闘

赫々と
家鳴りして
天井を揺るがす

いつになったら凪ぐのか
この家の
大暴風
いまも続行する
主人公不在の
沈黙劇

風が鎧をまとい
家霊のように棲みついて
つるされた自在鈎から
一斉に煤が降る
雨のように
ひかりを帯びて

2

もはや火消し壷に燠を入れた人はいない
鉄瓶の湯気がたちのぼり
榾の燃えくずれる音だけが
七年の気配を燻らせ
火の匂いを忘れた囲炉裏は

人々を釘づけにする

雪原を踏んだ足跡は
遺された一足のゴム長靴ではかるしかない
耕された畠には
濃紫の菖蒲が真っ盛り
その花陰で哄笑する女がいて
こちらを睨んでいる

人々を釘づけにする
火の匂いを忘れた囲炉裏は
ますます冷え
風もないのに自在鈎が揺れている

蝉の声

七年の歳月の頂点で
降ってくる蝉しぐれ
鳴いているのか
あきらめの果ての夢なのか
生きていることの讃歌なのか
聴き入っていると
胸の奥底から焦げてくる

かつて彫刻家の妻は
夫の彫った蝉を
懐にしのばせて歩いたとか
片時も手放さず
体温《ぬくみ》で伝えようとしたものが
懐の中で膨脹する

秋がやってくる年もあり
はたして蝉はやってくるだろうか
胸を焦がして鳴いてくれるだろうか

誰かがそっと言っている
それは空蝉よと
方角を見失った女は
幻聴の真只中に佇つ

蝉の季節がやってくる
七年の時をかけて
七日の命の極みをわたり

七年病んで
彫刻家の妻は
蝉の亡骸をもとめて旅立った

ここに一本《ひともと》の樹が立っている
蝉の声を聞かずして

鬼窟

棲んでいたのは
男か
女か

いいえ

たしか　男一人だったはずなのに

廃屋にもなりきれず
棲んでいた証明《あかし》が
いまも華麗に生きながらえ
腐臭をまき散らし
すでに主人《あるじ》は不在で

その不在ですさむ錆びた窟の想念が
すさまじく語り
風がうなりをあげて　つのるだけ

飯を炊き
魚を焼き
汁を煮る

日常のたたずまいが
蜘蛛の巣を張り
銀糸の裏側から女のすすり泣きが聞こえる

棲んでいたのは
鬼男か
鬼女か

風にきしむ窓ガラスに
鼻をつぶしてひっつく眼が
覗き見している

窓ごしに男に魅入る女がいて
哀しみの深みに溺れているのを
男は知っているのだろうか

天井の汚点《しみ》にみえかくれする窟の歴史が
雨の日
雪の日
風の日
日々　ことごとに
かつての日々をよみがえらせる

棲んでいたのは
一人の男
いいえ
一人の女
いいえ
いいえ
一人でつるんでいる男

地獄のあとの極楽浄土か
火種の絶えた囲炉裏に
一対の男女が影を曳いて
冷えた夢を紡いでいる

凍死した蝉の残影がねむり
崩れた壁土が菌糸状にこぼれ
家柱に刻まれた血筋が年輪のように太り
土台を揺るがしている

訪ねる人々の眼が
部厚い胞子を重ねる故なのか

傷をなめあう
二匹のいきもの
後をむいても
前をむいても
とぐろを巻く
鬼と鬼

住むものの
来歴の重さでいまも歎いている

棲んでいたものは
たしか　たしか
男だった筈なのに
なぜか
女の気配にとりかこまれて

この詩は未津きみの第五詩集で平成一六年一二月一五日に青森市の「北の街社」発行の詩集『幻の川　幻の樹』に収録された一三二行、一二頁におよぶ長編大作の詩である。

未津きみにはこのほか、三人詩集『仲間とゆく』（昭和三五年）、『浪漫散歩地図』（昭和六三年）、『智恵子曼陀羅』（平成元年）、『羊水』（平成一一年）、そして『ブラキストン線——十四歳の夏——』（平成二二年）がある。

この宇曽利の山、恐山を吹き抜けてきたような激しい詩を読者には高村山荘と呼ばれ、レジャー、ペンション、そして余暇行動の好適地として、あの「智恵子」さんを愛した高村光太郎が「空のない東京」から移り住んだ自然のなかの別荘として、アンノン族が週刊誌を抱えて〝散策〟にやって来る。そんな浮ついた時代を見事、綺麗さっぱりと吹き飛ばして、なお余りがある苛烈な一篇である。それは未津きみが、腕いっぱい、胸からあふれさせてなお豊作な「きみ」とうもろこし（玉蜀黍）をよっこらしょと抱えて運んできたような豊作の喜びである。

二　尾崎喜八「晩秋午後の夢想」

長年の友人尾崎喜八が高村光太郎全集附録によせている故人を偲ぶ晩秋の夢である。限りない交友の心情を綴る重い思いの〝附録〟である。

それは詩集『典型』のなかの詩「ブランデンブルグ」と作曲者バッハの同名協奏曲によせて「高村さんは自分の山の小屋でのように書いているが、本当は花巻あたりの好楽家のところで初めて聴いたのではないだろうか。そして聴いたのは全六曲か、それともその内のどれか一曲か、二曲だろうか。いくつかの徴候からそういう疑問が生まれるのである。しかしそんな事はどうでもいい。かんじんなのはこの長大な詩がいかにもあの協奏曲の微塵ゆるぎのない構成と、耳にここちよい豊かな多音と、強靭な生のリズムの躍動とに乗り移られている点にある。高村さんはここでも雅俗共にその豊富な語彙を縦横に駆使している。好個の戦場を得た将軍のように、旗下の兵を四方に放って手足のように動かしている。そして戦い勝った夕べの馬上で破顔大笑、〝おれはこれから稗飯だ〟と言っている。真にすばらしい秋の一日だったと思わなければならない。」

これで全体の一割にも満たないが、友情とバッハと詩情とに込めた憶いが沁みてくる。それはまた高村の力から強い詩篇を思いおこさせる。

一方、未津きみは近刊詩集『ブラキストン線』の「玉蜀黍畠《とうもろこし》で」

ここ津軽では／玉蜀黍のことを「キミ」という／
「キミ」ねえとつぶやきながら／九月八日生まれはうそぶきたくなる／
誕生祝いに仰山とどいた玉蜀黍にちなみ／「きみ」と命名したとか／
なんと単純／わかり過ぎる明解／素朴が風にさらされている名前／
あきれ返り／突き返したくなる／
返上なんて代物でないことは百も承知／

なんと闊達自在、謳いあげて呵々大笑する姿が目にうかび「うんだ　うんだ」と一緒に叫びたくなる。

三　「町人の故郷も村」か「都市と農村」の現実

尾崎喜八も高村光太郎も東京生まれ、賢治と未津きみは岩手と青森の東北生まれ、これを昨今の風潮ではシティとかドイナカと呼ぶようであるが、それが都と鄙、街場と田舎の隔離、分断を助長するように横溢しているなか、尾崎も未津もその二つの作品を通じて重なり合い、ともに硬軟と優しさと、激しさの人情で相通じさせている。

賢治は高村に尊敬の心をもって面会のため上京し自宅でそれをはたす、一方、未津きみは東北の地続きで人情をあふれさせて「高村山荘」をうたいあげる。高村がアメリカの空襲で焼け出され花巻にそして太田村山口の営林署の作業小屋の古屋を手直しした「山荘」を新しいアトリエ、書斎、居間兼応接間そして炊事場、食堂、寝室すべてをかねる新しい別荘での生活の根拠地とする。高村光太郎はなぜ花巻の宮沢家に「疎開」したのであろう。

全集巻末に「詩作品年譜」があるが、表題のとおり普通一般の年譜とは違ったものである。その「昭和二十年、六十三歳」の項にはつぎのように記されている。

「四月十三日夜、空襲により、林町のアトリエ炎上。多くの制作、草稿等を失う。わずかに持出したのは木彫用の小刀と砥石。一時、妹の婚家藤岡幾方に仮寓。＊五月、岩手県花巻市の宮沢清六方に疎開後にわかに肺炎を起し、六月迄臥床。＊八月宮沢家戦災焼失。＊十五日、終戦。十月、岩手県稗貫郡太田村山口の小屋に移り、農耕自炊の生活に入る。」

小屋をおりたのは青森県からの委嘱で十和田国立公園功労者顕彰記念の彫刻制作のため、昭和二十七年十月で中野区の中西方で、ここでも自炊生活をしていた。

アメリカの空襲は三月と四月に東京のほとんどを焼き尽くしてしまい、八月にかけては全国の中小都市をつぎつぎに襲った。高村はその中に置かれて二度の空襲爆撃の災禍をうけた。爆撃を受けた人も疎開という転出の事務的用語が用いられていたので、これもまた戦争の名残りといえるものである。

さて高村は智恵子の故郷福島を通り過ぎて花巻の宮沢家に住処をもとめた。智恵子の実家は結婚十五年後に破産していた。そして二十八年間一緒に過ごした。賢治の没後宮沢家と親交があったことは空襲で、すべてをなくしたなかでの幸いといえる当時の事情である。しかし高村が智恵子の実家を頼らなかったことはある意味からよかったのではないかと考えられる。それは太田村で本当の日本の人たちと接し、その人たちの暮しの何たるかを知った事であろう。高村は戦争にまつわる地位とか指導とかに直接関係していたわけではない。しかし戦意高揚には大変な役割をおわされたといえる。大本営陸海軍部の報道官が肩章や胸の略章をひけらかして「大本営発表」を読み上げるより高村の詩一篇、その一行の言葉、とくに江戸下町言葉のほうが実感を持たせてくれた、すでに国民のなかでは発表の嘘は見破られていた。

もう一つは智恵子との思い出は自分一人で大切にしたいという事であろう。特に昭和二一年白玉書房からの出版は戦後の荒廃した日本中の人々に歓迎された。若者たちにはおおっぴらに男女の交際ができるようになり、まだ不慣れな交際のいろはが判らないとき『知恵子抄』は純愛と交際のよい手引き書となって好評であった。

一見、武骨とおもえる高村、また没後、亀井勝一郎が「中世的厳粛性」と評したが、それがどんなものかを知らなくても「ああそう言う人か」と思わせてしまう魔力を感じさせたといえる。（『文芸』臨時増刊号）また、この雑誌の中に草野心平が〈高村さんから「きみは行動派だ。もう僕は草野心平とはつきあわない」と言われた〉と書いている。このことは別稿でも使わせて貰ったことがあるが、光太郎と智恵子の大切な、大事な、重要な、容易ではない、かけがいのない、秘匿しておくものであり、失礼ながら「草野心平ごときに、しかも酔っ払って、智恵子にかなりよく似た、バーのマダムであれ、握手をすることなど赦すことはできない。」だから「つきあわない」というまさに純情無二、純潔そのものという心情である。心平氏の行動には少し人並外れたところがあり、賢治に「米一俵送れ」とか「宮沢農場で働く」とかの困らせることがあり生前二人が顔合わせできなかったのも、東北線と信越線を乗り違えたことといわれる。筆者にも新宿の飲屋街でひさしぶりに上京した友人と楽しんで居た処へ着流しで入ってきて、居合わせた客とふたこと、みこと話していたが何事か突然でていった。

店の女将はいつもの事でと言う顔つきで、ふふんと言った具合であった。どうも万事人並みをはずれていたのであろうか。

したがって高村は山荘ぐらしで、智恵子との事を詩にしたり、世間の煩雑なことに再度、巻き込まれたくない思いからのことであったと言える。そして何よりも賢治の眠る花巻に住み賢治の御霊を慰めることをせめての供養としたのであろう。

未津きみの「高村山荘」が奇しくも都市と農村問題の現在を潜ませてもいる。両者の乖離は柳田論説のころとは較べるにはそれ自体がはなれた方向にゆき、向き合うことも不合理というのがこの頃ではなかろうか。「ヒドリ」と「ヒデリ」にみられものはまさにその証しなのではなかろうか。

四　高村光太郎の「ブランデンブルグ」

詩集『典型』の第一頁にただ「〇」と書かれた文章がある。通常では「はじめに」「まえがき」「序」などが位置する処である。「私の愚鈍なあいまいな、運命的歩みに一つの愚劣の典型を見…そして今自分が或る転轍の一段階にたどりついている」それは「〇」零の位置である。そして「一切の鞭を自己の背にうける」という事なのであろう。

このとき高村は幾つもの詩作品を作りあげていた。それは敗戦から五年二か月後の詩集『典型』の発行に寄せた高村の真情であろう。

尾崎喜八が全詩集附録で「まんまんたる天然力の理法」とは一体何だろうかと問い掛けている。「たとえ芋粥、稗飯に腹ふくらせようとも、岩手県太田村山口の小屋で、近代精神の網の目から天上の声を聴き、電離層の高みづたいに交響の相手を求めようと言うのである。」しかもそこには不屈の根源となる、亀井勝一郎いう「中世的厳粛性」の存在があり、「父光雲から引き継いだ「暗い封建的な束縛、頑迷な風習、その忍従のうちに育ちながら、その圧迫がつよいほどに芽生えてくる意志の鍛練の激しさである。殆ど武士にも似た精神のただずまひといったものが光太郎の底に一点存在する」のである。高村光太郎全集の栞で尾崎喜八が近代と現代とを融合させたかのような詩「ブランデンブルグ」の全篇を読むこととする。

「ブランデンブルグ」

岩手の山山に秋の日がくれかかる。
完全無缺な天上的な

うらうらとした一八〇度の黄道に
底の知れない時間の累積。
純粋無雑な太陽が
バッハのやうに展開した
今日十月三十一日をおれは見た。

「ブランデンブルグ」の底鳴りする
岩手の山におれは棲む。
山口山は雑木山。
雑木が一度にもみぢして
金茶白緑雌黄の黄、
夜明けの霜から夕もや青く澱むまで、
おれは三間四方の小屋にゐて
伐木丁丁の音をきく。
山の水を井戸に汲み、
屋根に落ちる栗を焼いて

朝は一ぱいの茶をたてる。
三畝のはたけに草は生えても
大根はいびきをかいて育ち、
葱白菜に日はけむり、
権現南蠻《ごげなんばん》の實が赤い。
啄木は柱をたゝき
山兎はくりやをのぞく。
けつきよく黄大癡が南山の草廬、
王摩詰が詩中の天地だ。

秋の日ざしは隅まで明るく、
あのフウグのやうに時間は追ひかけ
時々うしろへ小もどりして

又無限のくりかへしを無邪氣にやる。

バッハの無意味、
平均率の絶對形式。
高くちかく清く親しく、
無量のあふれ流れるもの、
あたたかく時にをかしく、
山口山の林間に鳴り、
北上平野の展望にとどろき、
現世の次元を突變させる。
おれは自己流謫のこの山に根を張つて
おれの錬金術を究盡する。
おれは半文明の都會と手を切つて
この邊陬を太極とする。
おれは近代精神の網の目から
あの天上の音に聽かう。
おれは白髪童子となつて
日本本州の東北隅

北緯三九度東經一四一度の地點から
電離層の高みづたひに
響き合ふものと響き合はう。

バッハは面倒くさい岐路《えだみち》を持たず、
なんでも食つて丈夫ででかく、
今日の秋の日のやうなまんまんたる
天然力の理法に應へて
あの「ブランデンブルグ」をぞくぞく書いた。
バッハの蒼の立ちこめる
岩手の山山がとつぷりくれた。
おれはこれから稗飯だ。

五　『典型』の既知から未来の津港《しんこう》へ

賢治は昭和六年一一月三日、三十八歳のとき「雨ニモマケズ」を書く。高村は昭和二二年一一月五日、六五歳のとき「ブランデンブルグ」を書く。

九月一九日、賢治は石灰の見本を持って上京し、東京・神田の旅館で病臥し、遺書を書いた。遺書を書いてから五日めの朝、清六の出迎えをうけ花巻駅についた。病の進行は外出を不可能にしていた。高村は空襲被災のあとそれにまさる戦争協力の非難を受け前述したような精神への苦痛のなかにいた。体躯と精神は「疾中」にあった。この二人とも奈落の淵に立っている。あるいは地獄をみつめている凄まじい状態であったと、いうことである。その中で賢治は「雨ニモマケズ」また自分にもまけない、そしてまた自分と同じような状態におかれる人々へ求道のことを伝えたいとの思いから、いま多くの国民に愛されている「雨ニモマケズ」の詩をつくりあげた。

高村は『典型』の四十一篇の詩をつくる。この詩群は日本の近現代の詩界を覆い包みしている。「私の性来が持つ詩的衝動は死に至るまでわたしを駆って詩を書かせるであろう。」と今まで詩を書いていた者へ、また、これから詩を書こうとする者へ、留め処なく激励と力を投げかけているのである。未津きみはこの両者に挑みかかったのである。長編の詩「高村山荘」はその全部を載せた、高村のも全部を引いた。高村の詩は未津きみの何倍かの紹介が長年に渡って続けられてきている。それに較べ末津きみは自費で千部ほどの出版であろうが、今、そしてこれからへ期待してまつこととしよう。

しかしすでに、こうして、大胆にそして詳細に山荘に棲む「オニ」を描ききった。加えてお土産まで書き加えた、男と男社会のもっている渡来のエゴイズム、また、男は武士ににせて身を律しようと努め、身の丈を伸ばした。そして、その男の姿まで克明に書きあげた。しかもそれは嫌味のない、あからさまの古来の姿として男社会に教えてくれている。あたかも盛夏に育ち、実りの秋に、どっさりと誕生祝いにとどけられた玉蜀黍《きみ》のように味わい深い詩格を添えてやってきたのである。

鈴木比佐雄氏は「一万年の風の記憶を反復する人」であるとし「東北の歴史を我がものとする困難な詩を自らに課している」と評している。

一万年前の風をはらみ未来へ漕ぎいでる船と人の乗りだす津をつくり、やがてそれはいくつもの航路と人を聚める湊となって、人が自然とともに詩情を聚め詩となして実るきみの国となる、期して待つこととしよう。

五章　『続・宮沢賢治のヒドリ――なぜ賢治は涙を流したか』の外延

【二】風狂の会講演の要旨　詩誌「さやえんどう」掲載

その一　第三三号「風狂の会、講演要旨」

1　同世代の人たち

同世代の詩人渋谷定輔、歌人西塔幸子の二人をあげて、その生活環境と作品を中心に賢治のそれを比較した。また明治期に生まれ、昭和時代に活躍した人たちをあげ、またその人たちの活動について、農業行政などをめぐって当時を探ねたが、私を含め読者の多くは、経験も体験もない。しかし、その実態を知ろうとして、賢治の生まれ育った花巻という東北の地を訪ねては、賢治という人間と作品に触れて、知る努力がはらわれてきた。それでもなお、賢治や当時の農村にふれることはすでに歴史の事がらとなって遠ざかるばかりである。

この風狂の会に集った人たちの何人かは京王線を利用して集ってきている。途中の駅に「仙川《せんがわ》」がある。語原は「千の釜」の湧泉によるが、他にも仙川という名がある。濁音での呼び方と「川《かわ》」とよむちがいは湧泉の数の多さとのちがいである。この仙川駅を出ると「キューピーマヨネーズ」の工場がある。この創始者、中島薫一郎は著書中の「農村疲弊そして憧れ」に登場する加藤完治と小学校の同級生である。中島は日本人の舌にマヨネーズの味は「キューピーの味」として、後発のマヨネーズの味を寄せつけない占有率を確かにしている。この中島、加藤の同級生に正力松太郎がいる。この三人は賢治より十歳の年輩であり、西塔幸子、渋谷定輔は十歳の若さで昭和期に生きた人たちである。中島、正力は都市に生まれ、都市で活躍したから他の人物とはまったく違った状況で参加者もまた、賢治へ思いを寄せる人たちも知る機会は多いことであろう。

また加藤の大学の同級生に那須皓がいる。那須は東大教授、インド大使、救ライ協会で知られているが、農業分野で知られるところが多い。

これらの人々が賢治とほぼ世代をひとつにしている。それはまた、当時の農村、農業、農家の人たちの生活と社会、経済、政治の動きの中にあったわけである。特に昭和初期の農業恐慌、冷書凶作の悲惨さは、世界経済恐慌の波にともに溺れさせられたわけで、ただ大きな違いに東北地方の治政と飢饉の重石の大きさである。

2　「貧農史観」とは

『貧農史観を見直す』という新書がある。（講談社現代新書）その一節に「郷土資料館のパネルの解説文、テレビの時代劇など、農民の登場する場面では共通して…江戸時代の農民が、幼弱な生産力を背景にして、あるいは自然災書と凶作・飢饉に苦しみ、さらに重い年貢負担にあえぎ筵旗を打ちたてて百姓一揆や打ちこわしに出る」という「貧農史観」が広く浸透しているのであるとし、さらに「飢饉問題の本質は、幕藩領主の支配領域が錯綜していたことにある。つまり幕藩領主の農民救済策や藩外への穀物の移出を禁じた津留《つどめ》（主に米穀類の藩領外への移出人禁止）などの制度上の側面、さらに輸送手段の不備、情報不足などといった農作物の流通のあり方に求められるのである。」とし、加えてこのような社会的要素に注目しないから、江戸時代では凶作の被害がはからずも過大に強調されてしまい、凶作がいきおい飢饉のすべての原因であるとみなされてしまうわけである。」とご丁寧につけくわえられている。

いまの世に「ノーテンキ」とか「KY」とかいう流行語が横溢している。そのひとつなのであろうか。冷害にしろ、旱害にしろ作物の生育には、適当な積算温度、積算日照時間がなくては、穀粒は稔らないし、トマト、果実なども発色して登熟しない、したがって、農作物の収穫はない。収穫がなければ流通はしない。流通がなければ、当然「津留」も起らない。実質年貢率が二〇%でも、三公七民でも森嘉兵衛教授の研究では、南部藩の凶作が二五五年間に七九回で三年に一回、一揆が二四二年間に一二三回、一・八年に一回起きている。この研究は一揆、凶作の悉皆調査といえるもので、一ケ村の事例ではない。

グスコーブドリは二十七歳の年にカルボナード火山島を爆発させて、地球全体の温度を平均五度位温めて自分は死んでしまった。そして「その次の日、イーハトーブの人たちは、青空が緑色に濁り、日や月が銅《あかがね》いろになったのを見ました。けれどもそれから三四日たちますと、気候はぐんぐん暖くなってきて、その秋はほぼ普通の作柄になりました。…たくさんのブドリのお父さんやお母さんは、たくさんのブドリやネリといっしょに、その冬を暖かいたべものと、明るい薪《たきぎ》で楽しく暮すことができたのでした。」(「グスコーブドリの伝記」)

この賢治の童話は「貧農史観」では子どものお話としてしまうのだろうか。

「貧農史観」では年貢に三公七民、四公六民であり、長野県更級郡五村では、形式年貢率は四八%だが実質年貢率は二〇%で、明治初年には一〇%未満であったとしている。こうした事例はあったにしても他がすべてそのように低率であったということはできない。これは事例としてあげられても、全農村農家の年貢を実証することはできない。戦後、農業統計は農林省が直轄して標本調査で推計した。その中に、農家経済調査がある。この調査結果について、担当の政府高官は、この数値を後世の人が見て、何んと富裕なことと驚愕讃歎するであろうと言った。いくつかの農家階層分けをして調査農家を抽出委託しても、その農家は、必ず経営が良好で、調査事項への記帳が確実にできる農家が選ばれる。したがって上層偏倚が起る。それは、事実と相異した、実体とかけはなれた、裕福な、農家、農業が営まれていたこととなると指摘していた。公正な統計はなにげない民俗の記録史実にも存在するといえる。大牟羅良の『ものいわぬ農民』の中の「紙に書かれた農村と生きている農村」の違いである。

民俗記録にしても、ある種の目的をもった調査でも、統計化されたものを、ある目的によって利用されるときには、その使用目的にのみ有利な証明素材ともなる。それは本当におそろしい結果を誘致する恐れがある。そのことは利用者の使用目的と方法に不純なものがないことを願うのみのことである。

3 「雨ニモマケズ手帳」と詩人永瀬清子さん

「雨ニモマケズ手帳」は昭和九年二月十六日、東京・新宿の〈モナミ〉で宮沢賢治追悼会が開かれたとき発見された。この催しは、草野心平の世話で開かれた。永瀬清子は数少い女性のなかの一人として出席していた。この「雨ニモマケズ手帳」が発見されたその時の一人として現場に居合せた。賢治の詩集『春と修羅』は発行後、辻潤、佐藤惣之助によって評価され草野心平がこれに次いだ。永瀬は草野から『春と修羅』を勧められ、昭和八年八月発行の「麺麭」（第二巻第七号）に「『ノート』宮沢賢治について」の読後感を書いた。賢治を生前に評価した四人（辻、佐藤、草野）の中の一人であり「手帳」発見を知る一人である。当日の記念写真が残っている。

歴史のもしもを求めても仕方ないことであるが、「モナミ」での「雨ニモマケズ手帳」の発見ののち永瀬がこの手帳を含め、諸作品の発表に関っていたら、特に「雨ニモマケズ」の詩を賢治の意志のとおりに理解しあるいはその意志を継いでくれたであろうと思うのである。

「宮沢賢治の詩魂は未だ自然のままの存在である。知性以前とも云うべき…日本の日常自然の風景から、むしろ通常人には幻想的にさえ思われる程の濃い空気を呼吸した」としている。さらに永瀬は日本の民俗学講座を通し柳田国男、折口信夫らから民間伝承の研究を教授される。それが詩「諸国の天女」で民間の、民俗を的確にとらえて「濃い空気」の溢れる民俗の、そして現実生活をうたいあげる。

父や夫の職業から、金沢、名古屋、大阪、東京、岡山と転じて、終戦後生地の岡山県赤磐郡豊田村の生家に戻る。生家は「大永瀬」と呼ばれる地主だったが、不耕作の農地所有の（長男が早世）法定相続人となっていた。また、生家は日蓮宗の不受不施派を宗旨としていた。保有を認められた三反歩の田を耕しながら詩作を続け「きづなは他に／あこがれは天に／／いつか年月のまにまに／冬過ぎ春来て諸国の天女も老いる」としながら実際生活で賢治に近づくことを一番の緊急事とし『女詩人の手帳』に微塵の一粒となって宮沢賢治さんに向う私を綴った。「われら農婦」は現実を知らない、知ろうともしないで賢治さんを信奉しているかに見せている人たちへの真実の警鐘なのであろうか。かえすがえすも、悔まれることである。

その二　第三四号「風狂の会講演要旨」

1　「雨ニモマケズ手帳」の復原

「雨ニモマケズ手帳」の発見は劇的といえる。前号で永瀬清子さんがその場に居合せたことを書いた。この手帳はその後、手帳という物質と書かれている内容についてまさに劇的な状況におかれてきた。その一つに小倉豊文（千葉県市川市生まれ、広島文理大学卒業後同大学教授、昭和三十八年退官）『雨ニモマケズ手帳』と「同新考」で詳細に解明に努めてこられた。小倉は昭和十八年に第一回の、昭和四十二年に再度精査をしている。

手帳は時間の経過とともに「外装の程度も中紙のペンや鉛筆書きのうすれ方もかなりひどくなっていた。多くの人々の手に触れたのが一つの大きな原因であろう」と二十年間の賢治への愛着のあとを記している。その「余説」に手帳の「角金《かどきん》」という装本について「角金」とは中紙の上下の角を小さく切り落し、そこを金箔押ししたもので、昭和二、三年から五、六年の短期間行われ、その後は行われなくなった方法で当時の金融恐慌から起った不景気からの原料節約の一現象であったとしている。

書冊の小口は普通切り離したままの単色染なのに対し、小口の三方を金箔押しした「三方金」また「小口金《こぐちきん》」といい、上方だけを金箔押ししたものを「天金《てんきん》」といった。このような金箔押しの仕事は一人前の製本工の腕の見せどころであったという。現在でも革表紙のもので「ゴールド」と銘うった三方金の手帳は四、五千円以上の高価で販売されているが使用者は多くはあるまい。
「雨ニモ…手帳」には鉛筆押し筒があり、制作のときに入れられたと思われる粗末な紙に次の賢治の歌が記されていた。

塵点の　劫をし　過ぎて　いましこの
妙のみ法に　あひまつ　りしを

この「塵点《じんてん》の劫《ごう》」は法華経の如来寿量品の夢幻の時を示す名称で、この歌から思い起されるのは辞世のうたである。

病《いたつき》のゆゑにもくちんいのちなり
みのりに棄てばうれしからまし

賢治が何かの折に鉛筆挿しの中の紙きれを見つけて書きとめたもので、そのままとなっていたのであろう。あるいは紙きれをみつけ、紙きれのはかない〝いのち〟とその役割への縁起としたやさしさであったのであろうか。

2　「手帳」復原と桜井弘

宮沢賢治友の会のとき発見された手帳は、「角金」の手工業的に職人がつくったものでも、多くの参観者の手に触れることで汚損がはげしくなって当時、新しがりやの賢治が金十銭で購入したにせよ、誰かからの贈りものであったかにせよ更に保存し人の目にふれ、手にふれることは難しいし、あるいは復原し希望者に頒布したらと思うのは、賢治と「雨ニモマケズ」の愛好者の気持であったろう。

一冊金十銭とは、昭和五年九月の米価は、東京深川正米、玄米中米石建で一石六〇kg当り二八円七〇銭であった。（前八月は三〇円五三銭、翌月十月は一九円一九銭）これは消費者の購入の卸値であるから、消費者の支払額はかさみ、米一升は三十銭をこえる。昭和五年の岩手県の農業労賃は一人一日八十三銭であったから賢治が使用した手帳一冊は米五合、一家五人の一食分。農業労働の八分の一日分に相当することになる。小倉は「角金」手帳は「手帳としては立派なものであったろう」と記している。

手帳の復原は「採算を無視した良心的な製本を敢て為し得たのは、全く、この手帳に魅せられて長い間その復原版の作製を念願していた、生活文化社社長故桜井弘氏の熱情と誠意によるものであった。」そして手帳の鉛筆挿しから発見された「塵点の…」短歌の小紙片の要旨は賢治の最後の働き場所となった東北砕石工場のあった陸中国松川和紙を用いたがこれもまた桜井氏の力によるものとしている。

ではこの桜井弘と社団法人家の光協会について記すと

ア　桜井弘

昭和二十年三月社団法人家の光協会常務理事就任、同年六月退任。退任は戦時中の役員就任によるが、編集主幹としての責任からといえる。昭和二十年十二月末から、民主主義出版同志会から戦時中の用紙配給と戦時推進への宣伝を行ったとの理由と日本出版協会での指揮で同会の脱退のあとの退職であったが、翌二十一年三月再度常務理事に選任される。のち配布部数百万部達成（二十九年一月）に貢献し、三十八年十二月退任、三十九年日本科学技術財団がテレビ放送（C12）を開始したとき放送審議委員となっている。

家の光協会を退任後、生活文化社を経営し昭和四十二年に「雨ニモマケズ手帳」の復原版一三〇〇部を限定本として刊行した。

また、四十六年十一月に総合雑誌『虹』（「虹」は国際協同組合同盟の旗・ＩＣＡの旗印・大正十三年・一九二四制定）を全国の農林漁業団体の役職員と関係者を糾合して刊行してきた。雑誌『虹』は隔月年六回発行してきたが、平成二十二年三月、二一八号をもって終刊となった。

イ　通俗家庭雑誌『家の光』

自らが通俗家庭雑誌を公然と主張することは、敗戦後から今に至るまで奇異に感じられる。敗戦後のエログロナンセンスのカストリ雑誌を思いおこすからであろうか。しかし、雑誌「家の光」は当時の産業組合中央会はこれで普及をはじめた。もともと協同主義、相互扶助の運動推進のために機関紙『産業組合』を発行していたが、産業組合の理事者、指導者を対象としていた会報としての理論雑誌であったから、組合員大衆の教育雑誌としては一般性のないものであった。そこで当時の一般大衆誌が一部五十銭であったので、自分の金で買って読むことと併せて農業知識を加味した通俗雑誌とし一部十銭で普及することとし、大正十四年四月発行をすることとなる。実際には一部二十銭となったがこれは、誌代を集めるとき集金（送金）郵便が二円以下では扱われないので年払い金額が二円にならないのでやむなく郵便局の規定に合せ、払込みの便宜上から二十銭にしたというのどかな話が残っている。

社団法人になった家の光協会（昭和十九年三月）神田の日本大学構内の事務所を空襲で焼かれ分散し、一部が戦後、竹橋の旧兵舎の農林省分室に農林省、労働省などと同居し、二十五年二月十日失火により焼失したがこの時筆者は同居人であったが、家の光は、すでに市谷船河原町新社屋の上陳式をすませていた。筆者らは焼けだされ消火の水をあびた書類を太陽に干してすごしていた。のちに筆者は職務上家の光協会との交流がはじまり桜井弘がつくった総合雑誌『虹』に寄稿することになった。これも外廷・外縁というのであろう。

3 「ド」と「デ」

小倉豊文は「ヒドリ」を「ヒデリ」と断定したうえで〈原文批判の問題として「ヒドリノトキハ」の「ド」に注意しておきたい〉とし〈手帳原文は「ド」であることを明記しておいて、将来の研究問題にしてほしいと念願しながら「ヒデリ」（日照り）を「ヒドリ」という地方語はない…賢治の不用意なミスであり、賢治はこの詩をあまり重要視していなかったことを自ら示している〉と力説している。

小倉は分析の方法を誤っている。この場合「ヒドリ」の「ド」が主体であって「デ」は傍体であるから「ヒドリ」という存在を確認すべきである。それには当時おかれていた農家、農業、農村の実情を正しく「ミキキシワカリ」し思考し、百姓のことを調査し、歴史の底辺となる民俗を持つ農村とその住人たちの社会的、経済的の地位を見つめておればこの誤りや、のちに永瀬清子が記した〈雨ニモマケズ手帳に「ヒデリ」と私はたしかに読めた〉という思いちがい、記憶の虚記憶を訂正することができ、永瀬に「ヨクミキキシワカリソシテワスレズ」だったからですといわれ「思わず苦笑された」と永瀬の『すぎ去ればすべてなつかしい日々』（平成二年、福武書店）で二人の誤りを書き残さずに済んだであろう。

現在でも、農業、農村、農家についてかなりの認識不足と偏見がある。農業生産、農村生活への理解不足であるが、賢治がその解消に努力したことがらをも、また覆してしまう怖れがある。宮沢賢治文学を正しくその防御の役割かあることを再認識しなくてはと思う。

その三　第三五号「風狂の会講演要旨」

1　都鄙のこと――昭和四年のころ

行政区域を拡張すれば、ある方向への発展、開発であるとした政治手法が、市町村の政治経済的な力量の増加になるとした考えが、国の中央の有難い政策で補助金とかいう物事として行われてきた。当然そこには文化、学芸が連鎖して向上するという論法が含まれている。現在その成果が現われやがてさらに強大にして文化の向上した市町村と国家が新しくつくられるという。これが錯視による錯覚でなければよいのだが。

市町村はかつて、あるいは今も「イナカ」で、そこは単に「民居の中間を意味する地形名」であった。それがやがて「京都の都雅に対して自分たちの鄙俗であることを、少しも疑わずに承認」したところから「都鄙問題」となった。やがて都市対農村の問題となった。この場合「鄙」はいやしい、いやしむ、辺境にある、むらのことで鄙夫《ひふ》と用いられたり「卑」におきかえられ「野卑」などと用いられる。

一方、都市は「軽薄と没義道が跳梁跋扈《ちょうりょうばっこ》する」とされ、ある警戒と敬遠され、そこから都市は虚飾の繁栄による享楽、イナカ・むらは苦汗労働と未開化の非文明なところとされ、都市の発展こそが近代文明国家への道であり、ヨーロッパへの接近であるとされてきた。

それは、また「西洋かぶれ」と統一国家への政治的目標という野心の中にあった「学問文章その一切の技芸の悉くを中央に集注しようとする」ことになる。

文明開化にしても、現在の文化国家にしても、国力をいかに増大するかは政治の差配ひとつと言える。「東京ばかりに高い官憲を集めて十分なる機能をこれに付与し、地方はその指導を受けにいつも自分の方から動いて来て、中間に立つ者がその命《めい》を矯める機会を無くしようとした。……確に世人をして、何事も首府で無ければと考えしめた力」をつくり、その結果は「行政上の中央集権化に手加減さへすれば、すなわち、文化の都市偏重が匡正せられるかの如く信じたのは、全く首都以外の都市の影響を眼中に置かなかった愚な考へである」

以上、引用した括弧部分は昭和四年刊の『都市と農村』柳田国男の論旨からのものである。昭和四年の著作であるが、全巻を通じて「平成二十二年」と置き換えても、おかしくない指摘で埋まっている。

2　宮沢賢治――昭和四年のころ

柳田国男がこの『都市と農村』を現在におきかえて、何とかならないものかと思うところに随所で出合う。旧来の弊旧は現在でもことばを変え方法をかえて身辺に存在している。当時弊旧といわれたものがいままだ弊旧なのであるから、賢治はその只中にあって、旧来風にいえば、その弊旧の中の高等教育をうけてなお、身を落したということになる。

賢治は昭和四年に病状あらたまり危篤であるといわれていた。事実、この年の年譜は数行であったり、全く記録を掲載しないものもある。

大正一四年・昭和元年三月三十一日花巻農学校を退職し、別荘のある下根子に羅須地人協会を設立し、「本当の農民になる」宣言の実行に入る。この年の五月に「ぎちぎちと鳴る　汚ない掌を、おれはこれからもつことになる」（七〇九春・『春と修羅』第三集）この「春」の前半はいわゆる田園生活に入るそのときの感慨であろうが、全五行の作品からは「百姓」になることへの重大な決意というよりも町場の都市生活との別れへの惜情が色こいと読める。

約二ヶ月後の七月二五日東京から白鳥省吾、犬田卯が盛岡啄木会の講演に来る。手紙で面会を求められ賢治は一旦承諾をしたが、この日断りの使者を出し白鳥らに伝える。その断りは「先生は都会詩人、所謂職業詩人とは私の考えと歩みは違ふし完成しないうちに会ふのは危険だから先生の今の態度は農民のために非常に苦労しておられますから――」と言うものであった。これは一つには本当の百姓になる決意を支えようとした側面を感じるが、白鳥は宮城県の出身であり、犬田は農業についての作品を持っていたのだから、あえて断るべきであったのか多少奇異の感じが残る。百姓となる構えの防御の思いか。しかし、十二月十八日には高村光太郎を本郷の自宅に訪ねている。

やがて翌年三月の松田甚次郎の訪問での諭しで自分に言いきかせる筋立が鮮明になったといえる。昭和四年のおもな変化は

1、一部に危篤とも伝えられていた。2、父政次郎が町議会議員選挙で落選する。3、東北砕石工場主の鈴木東蔵の来訪、協力から共同経営へ。4、花巻町と花巻川口町が合併する。5、前年の約三週間の東京―大島―東京という旅の疲れからか十二月に風邪で発熱し、急性肺炎をおこしたが、母のうらないから自宅療養をしていた。

柳田国男の『都市と農村』の論旨が当時において、あるいは現在までの間でどの程度理解されたであろうか。大方は無視または放棄されたのではないだろうか。一部の関係者の間での関心はあっても少く、これは現在でも感じられるところである。

柳田と賢治そして松田甚次郎とを結ぶ因縁は柳田が説く「都市文明の専制」(第三章の二)でいう「今の政治家などは、実は文化の進展と交渉の最も浅い階級といってよい…学問文章その他一切の技芸を

悉く中央に集中」する。また同じ章の八「半代出稼の悲哀」で指摘する半代出稼とは「商人となりたる子弟は、再び故郷に招くべからずという訓戒」を古書からひいて説いている。「たとえ錦を着て戻っても、やはり別荘人の懸離れた生活となり……村では自然に予めこれを拒もうとする」これは賢治の詩作品にあらわれている。詩「饗宴」「賦役」「同心町の夜あけがた」さらに〔商人らやみていぶせきわれをあざみ〕に見られる賢治のこころのうちである。こうした人間生活での悲哀は室生犀星の『抒情小曲集』の「小景異情」にうたわれている。賢治は両側面で悲哀を味わったことになる。

3 「地方詩原論」のこと

なぜ、賢治の鮮明な手書きの文字が書き替えられ、多くの人に誤って伝えられたのであろうか。またその誤りをもってよしとすることが行われているのであろうか。疑問をとく改竄はいつ、どこで、だれが、どのようにして手を染めたかについて解明する方法はないのであろうか。

少し遠隔の距離と時間とをおいてみることとする。

まず金子以左生氏の「地方詩についての素描」（「岩礁」一四四号・平成二十二年九月）「地方」の代替または類語「地域」では意味をなさないが、「中央」という語と対置すると「中央」に対して「地方」はあるが、「中央」に対する「地域」はない。「地方」とは「中央」との二項対立概念であるとし、これは、内／外、自己／他者、知／情などで階層秩序的二項対立の概念であるとしている。したがって、絶対的に地方／中央の形はなく中央／地方となる。さまざまな二項対立性をもつ社会表象は男女性別による感覚、認識、行動の差の二項対立に淵源《しんげん》を持ち、男と女という基本的な二分法を反映したもので、初めの項の「男」は後の項「女」よりも肯定的優位にあると見なされる位階性を持つと位置づけている。

それはまた「支配と従属」の関係に事例であると指摘しないわけにはいかないこと、それが社会秩序の中でほとんど検討されることなく、気づかされることさえなく（にもかかわらず制度化されて）まかりとおっているのが、生得権による優位であり、これによって男が女を支配しているとされることなどを利用して、中央と地方という二項対立概念の基底から「地方」とは「女性原理」であるならば、「中央」とは男性原理であり、「男性」を「中央」とし「女性」を「地方」と読み替えてみると非常に興味ある結果は問題のあり方に驚くほど似ていないかとしている。

この金子以左生氏の書き出しに大井康暢著作集第二巻（平成二十一年十二月刊）の「地方文化にはさまざまの問題がある」との一文の引用からはじまっている。地方詩、あるいは地方詩という世間一般と詩の世界での呼び方はこれこそ「社会秩序の中で検討されたもの」なのであろうか。気づかないうちに中央からの「制度化」によるものなのであろうか。概念不明の地方詩なることばが存在することになる。

最近、三つの国家統治権の司法権について証拠が改竄され、当事者は事実を認め、責を負う監督者は回避しようとしている。ともに無惨な結末となるらしい、と見られている。こころすべきことである。

【二】詩誌「千年樹」掲載

その一　第四六号「ヒドリ神社と宮沢賢治」

1　ヒドリ神社の位置

ヒドリ神社は花巻から四十六粁のところにある。銀河ドリームランド線と名付けられた石巻線九十粁の中間点である。

ヒドリ神社は遠野市土渕に村社として鎮座している。村社とは明治四年に全国の神社を一定の体裁、形状に分ける作法、規定などの「式」と組ませるとすぐに頷ける格式のことで官幣、国幣に大・中・小また別格と府県郷村社そして無格社に分類し奉幣の額を併せて定めていたが、昭和二十年に廃止された。

この大政官布告は明治維新と同時にはじまり、いくつもの罪科を残し明治末の三十九年にうやむやのうちに終ったとされている。廃仏棄釈と神社を統合し一村一社とするもので、祭神の奉遷をする夜、村民は激昂し、路上に神輿が暴れ、石降り瓦飛ぶの痛事が演じられた。小野武夫著『農村史』）また、民俗学・博物学者南方熊楠《みなかたくまぐす》の訴訟事件ともなっている。

こうした事件の中で遠野のヒドリ（倭文）神社は何のこともなく合併となったのであろうか。『遠野村今昔　物語』の社寺の項に、

一　倭文《ひどり》神社

社格　　村社

所在地　土渕村大字土渕第拾八地割百七拾四番地

（小字名は五日市という）

境内　七畝三歩

祭日　日七月二十五日

祭神　下照姫命　　諸社　　清滝神社合祀

明治維新前は文殊菩薩を祭ってゐたので通称「文殊」は今尚用ひられてゐる

特殊祭事　例祭日に古から学童の文字奉納がある

堂内の壁間悉くに貼付口口口文字は偉観を呈す
信仰状況　村内一圓並隣接町村に信仰が多い
　例祭日　祭日　正月元旦　社日　生児の神詣　詣初等に参詣する者が少くない
由来　1　封建時代不詳　一切の記録　明治以前の棟札等なし
伝説　1　明治維新前　文殊堂時代には別当の修験者（北川氏）の所に諸方から修験方が来たもので中には堂内に三週間位の断食祈祷する者もあった
　2　本社は五日市館の中腹にあり館山山の山麓五日市駅であった部落があるので館主（阿曽沼氏時代口口）の守護として祀ったものと伝へられる
（資料は遠野市立博物館主任兼学芸員長谷川浩氏の提供による。）

2　倭文《ひどり》の名付け

この遠野のヒドリ神社が宮沢賢治の「雨ニモマケズ」詩の「ヒドリ」（ヒデリと誤られている）と直結しているとは思わないし、言うことではない。しかし、あるいは、歴史のもしもにつながることはないとも言いきれない。第一、倭文神社の社名をみてすぐに「ヒドリ」と読むこと、また全国の倭文神社名、人名にもなって倭文《しず》と読むことはなかなかであり、「ヒドリ」神社と読むことができる人は遠野学一級に合格することができるというものである。

遠野ではヒドリ神社の尊称で少くとも、大政官布告がうやむやになった明治三十九年からでも一〇五年、布告当初の慶応四年の神仏分離令からすれば五十年が加わり一六〇年を経ることとなる。『遠野村今昔物語社寺』では氏神社名は一社が合併されたと記録されているが、文殊堂もこれに加えられるのではないか、もともと「文殊様」と呼ばれ親しまれて今日に続いているし、愛好家の調査などでは神社拝殿上の掲額には「文殊社」とあるとされ、境内には「普賢社」があり仏像が安置されている。公式の祭神は天照大神、下照姫命、瀬織津姫命とある。氏神は氏あるいは家の屋敷神をさらに一族が祀り永らえて、一族の住む土地の神、産土神として鎮守の守護神として祀られ尊敬されてきた。おそらく遠野では氏神合併に伴う紛争はなく、いかにも御一新政府の布告どおりに合併し、天照大神も御祭神として合祀したものと見ることができる。政府の意図する布告は威令となって遠野村を威圧したと言えよう。

3　倭文《ひどり》神社

この名の神社は全国各地の倭文氏によって機織の神として祀られ、また仁徳帝が絹織物、崇神帝の創始とされる神社があるが、遠野の倭文神社は「日神、農耕神」「学問神、音楽神」「水神」とされ明治維新の後この社名に改められた。全国の社名は「しとり、しずり、しどり」と読まれるものが多い。「倭文」に古くはシトリと清音であり倭文織《しずおり》といわれていた。ところで、なぜ、遠野ではヒドリと読まれたのであろうか。しかも氏神合併という明治の地方改良の官僚の発想で「内外の列国の（諸外国）の形勢と民政」を包括的系統的に研究され行われたのが神社統合問題であって「明治末期の新進官僚たちの能力も無能力ももっともよく反映した」ものである。（橋川文三『昭和維新試論』）

これをあっさりと受け流し、さらに自らの方向を合祀の中につくりあげようとしたことばが「ヒドリ」となって、孤高と自立を表徴したのではなかろうか。

柳田国男は「自分が少壮官吏の一人であった時に、神社合祀という政策が始って、地方によっては大分人心が動揺した。これはこの方針の善悪というよりも、寧ろ奸譎《かんけつ》の徒が之を悪用した場合に弊があった」として、三重・和歌山の二県などに神社の森の樟や樅樹の巨木があった為に、大阪辺の商人が背後から合祀の運動をするなどという悪評さえあったことを指摘し、南方熊楠が憤慨してあばれたことを記している。（定本十一集「氏神と氏子」）

さて、遠野の倭文神社だけが全国の諸社と異り「ヒドリ」と読むのであろうか、残念ながら当時の記録や語り伝えに往き当らなかった。

いくつかの辞書では「酷《ひど》い（非道《ひど》い）は道義にはずれる残酷なさま」とある。手許の古語辞典には非道（ひだう）の形容詞化した「ひだうし」の転。①すばらしい。すごい②むごい。残酷だ。とある。

これから推しはかると遠野で氏神の統合に関係した人、あるいは当時の宮司職にあった人か、文殊様に集まった修験者の中に知恵者か学識に富んだ者がいてこの合併統合の意味合い、維新や新政権にうかれる官員さまの向うを張ってならばと「ヒドリ」がよろしかろうと選び出したりしなかったろうか。「しと」は「尿」であり、芭蕉の「蚤、虱」は東北のすべてではないよ、などといいながらならば無闇矢鱈な御布令などかまうものかなどと言いあいして「非道い話しだな」ならば「ヒドリ」がよかろうとしたのではとも思える。東北人、遠野の人たちの智恵と抵抗と粘り強いなかの機智に富んだ諧謔のあらわれとも言うことができる。非道とは道理にもとること、人情にはずれることで、それは残酷なことの証しとしての残留物であり後世への無言の抵抗を伝えようとしたのであろう。

妹トシ（宮沢賢治の妹）が死の床で呟いたのであろうか。兄賢治はその決意としての遺言のひとことを詩「永訣の朝」に書きとめた。（Ora orade shitori egumo）という妹トシの生と死の境界に残した強さである。いまの標準語にすれば「オラ　オラデ　ヒトリ　エグモ」「俺れは俺れで　一人でいくからいい」となる。

トシの決意の遺言「シトリ・shitori」も賢治の心持ちの中に火のように映り点ったのであろう。トシは「シトリ」でも大丈夫です、賢治にいさん」と健気にしっかりと伝えたのであろう。

遠野倭文《ひどり》神社も全国のそれと異ってのヒドリも「ひとりでも、平気だよ」との心意気であったのか。

あるいは日常のことばづかいから、のちに起る標準語教育の先ぶれ的に直感的なものがあって「架空の「標準語」を、地元生え抜きの先生によって、熱心な授業が続けられたにもかかわらず、公の場所での自分の意見を発表できない児童や生徒の育成に終ったのがその成果であった」（小松代融一『岩手方言の音韻と語法』、昭和五十一年十二月三日刊）とする国語教育百年の述懐がきびしく残り伝わってくる。

氏神の統合など荒唐無稽なこととしても御一新の強制は戊辰の役で思い知らされている。ならばと揶揄してやれ、諧謔で洒落のめせとなったものであろうか、もともと文殊様という智恵の袋から引き出せとなったのであろうか。

4　倭文の字義

倭文の「倭」が文殊の「殊」によく似ているとする愛好者のことばもあるが、むしろ、「矮」ワイ、アイ、背の低い人、曲ったさまの文字に近くはないだろうか。ワコク倭国はいやでもなじまされてきていた。「倭」の字義にも「倭夷《わい》・東南大海（唐土から）の中に倭人・日本人を指す・在り」とされている。「委」は、しなやかに穂をたれた低い粟の姿で、なよなよとした女性の姿を示すとあり、矮《わい》（背が低い）と同系であるとされている。

さらに、倭の難解語のひとつに「ひとり」がある。このほか、しず、しとり、みとり、やまとなどかあり、苧環・しずのおだまき、倭琴・わごん、倭鍛師・やまとかぬち、倭文・しずなどを挙げている。では「倭文《ひとり》神社」とすれば各地の社名と一致することになるのだが「ヒトリ神社」「シトリ」神社になる。賢治さんがわざわざshitoriと書いたように「一人《ひとり》」になってしまう。智恵者はさらに抵抗の意志を込めて、氏神統合の主旨の通り御祭神は一柱ではないことのしるしとして「ト」を濁音とし、岩手県の濁音変化を巧みに用いた。当然ヒと、リは濁音とはならない。巧妙な智恵をかくし、合併という非道い政治を揶揄し、あるいは笑いをかみしめたのかもしれない。圧迫されたもの、屈従への報復としたのであろうか。庶衆の智恵と無辜の人たちの叫びであったのであろう。また御布告のとおり、御祭神は一柱ではないことを示し心ならずも氏神の統合、神社の合併に恭順を表したのではないかといえる。

5　しずのおだまき

家々の庭先きに紫いろか白い花をつけ、初夏にふと今年も咲いてくれたかと家人を慰めてくれる。可憐な姿は多くの人に共感をもって迎えられ、「いにしえのしづのおだまきくりかえし昔を今になすよしもがな」(伊勢物語三十二) は義経、静御前の物語にも飾られ今に伝えられている。また倭文《しず》を織り、苧玉をつくる。それが花と種実とによく似ることから、「いやし」「繰り」の序詞につかわれてきた。苧はからむし（イラクサ科の植物）で山野に自生する苧麻、青苧《あおそ》、山麻などの皮から繊維をとったもので、地名にもなっている。栃木県の鹿沼市麻苧町、徳島県の麻植《おえ》郡そして麻植塚、鳴門市の大麻町、また福島県の昭和村では村営のカラムシを織り織物研究を行っている。東京の青梅市以西では山林道の側に多い赤麻から携帯用の袋ものをつくっている。

倭文は古代から人間生活と密接な関係をもってきたから、非道の告示をさか手にとった苧麻を祀る倭文神社の名前に奉戴したものと見ることができる。

6　佐々木喜善と宮沢賢治

佐々木喜善は遠野土渕の人である。花巻の人宮沢賢治とは十歳ちがいであったが、没年は奇しくも同年同月で十日ちがいであった。

喜善は昭和三年八月に「東北文化研究」誌の「ザシキワラシとオシラサマ」の中に、宮沢賢治の童話「ざしき童子《ぼっこ》のはなし」から一部を抄録した。その礼状への返信が、賢治書簡二四二、昭和三年八月八日付で送られた。

喜善ははるか年下の賢治を「大した人物」と評していた。花巻へ出向き帰宅して、家人に興奮して「花巻ですばらしい青年と出会った、宮沢賢治というのだ」と語ったという。遠野市民大学で谷川雁氏が講演で語っている。

「喜善氏は来花すると必ず宮沢さんを訪ねた。そして、喜善氏の信仰する大本教に依って時に痛烈に批判」することがあったと関徳弥氏の文章があると山田野理夫は著書に記している。これはすでに神職資格をとり、遠野倭文神社の社掌となってからのことであるから、倭文神社の「ヒドリ」について語り合うことはあったといえる。社掌はもと府県社および郷社で社司の下に属した神職で村社以下では一切の事務を司った。

賢治の信仰論は父政次郎はじめ家族が困惑するほどであったから喜善もまた辟易したことであろうが「宮沢さんにはかなわない。といって頭をかいているのであった。豪いですね、あの人は、豪いですね、全く豪いですね、と、鋭くいわれながらも喜善氏は嬉しがっていた時には、おかげ話しはいいですよ、と言って相好をくづしていた」という。

これは、民話、民俗伝承、民芸品、日常の雑器の収集には不可欠な聞き上手の技術であり喜善は話し語りは上手とはいえなかったというが、何より聞き上手であったのである。

賢治もまた聞き惚れながら所信をとおしたのであろう。賢治は花巻で生れ育ったが何より宮沢まきの一員であるから下情にうとかったと見てよかろう。生涯の仕事として農業と農家については、成人後の智識であるから万全とはいえない。関徳弥は「民俗学の権威者、佐々木喜善氏も会って話せば童子の如く純真極りなかった。村長では味噌をつけましたよ、と何遍も言って頭をかいていた…宮沢さんもたいていなことはできた人だが、政治と経済はおそらく零点に近い…」だが最後に「ヒドリ」の一言にすべを包含して世を去ったのである。いまごろ二人して「ヒデリ」論に笑いころげていることであろう。

その二　第四七号「〝ヒドリ〟国会審議へ」

1　「ひどり労賃」への皺よせ

いまから五九年前の日本国々会でのいわゆる議政壇上からの吉田茂内閣（第四次）の施政方針への代表質問の一節である。質問者は日本社会党で外交委員長を務める勝間田清一議員が国政全般にわたる三二分余りの中で「ひどり労賃（ヒドリ）のみに不当にこれをしわ寄せいたしておる…」と質した。この文言の前後を抄出して理解をすすめることとする。

質問の冒頭に「私は…日本社会党を代表して、吉田総理大臣並びに関係各大臣に対して、さらに吉田内閣の施政方針に関する質問をいたしたいと存ずるものであります」とある。次に「貿易振興政策の中で対外競争力の…重点たるコスト切下げの問題がどの程度の実績が現れたか疑うもので…原料、動力、船賃、工場コスト、いずれを見てもその切下げが成功していないのみならず、むしろ生産費増大の条件を政府みずからがつくり出している」とし、次の項目をあげている。

1、主食の値上げ。

2、貨物運賃をまた引上げ…やがて電力、石炭を値上げするといって

3、また大工業のしわを下請工場に寄せつけておるとし、そして「ひどり労賃のみに不当にこれをしわ寄せしておるのが、今日の自由党内閣の政策でありましょう。」(拍手)

国政、自治体等いずれも選挙のときは候補者も有権者も関心注意するが、その後は支援と批判が薄れ「センセイ」族がつくられてゆく。さいわい議事録がその活動状況を記録し、公開されている。これを国立国会図書館の国会会議録検索システムで入手することができる。http://kokkai.ndl.go.jp/SENTAKU/syugiin/mainbl.html

この文中のものは、「衆議院会議録情報　第一五回国会　本会議　第九号」で「昭和二七年一一月二九日(土曜日)議事日程　第八号　午後一時開議して形どおりに進行する。

一　国務大臣の演説に対する質疑(前回の続)

○議長(大野伴睦君)国務大臣の演説に対する質疑を　継続いたします。勝間田清一君。

(勝間田清一君登壇)

以上の形式によって勝間田清一議員の質問が開始される。

この第一五回国会は吉田首相らの抜打ち解散によるもので、昭和二七年八月二八日党内反対派の選挙準備の隙をつき、また二月に結成された改進党（旧民政党）への対策でもあった。一〇月一日に行われた総選挙では吉田自由党二四〇、改進党八五、右派社会党五七、左派社会党五四、共産党全滅という結果であった。一〇月二四日、この特別国会、通称議席指定国会、一〇月三〇日に第四次吉田内閣が成立した。また、池田通産大臣が「中小企業の倒産、自殺もやむをえない」と発言し、不信任が可決されたことが、このときの世相を素直に伝え、政策の弥縫を露呈した。このときすでに朝鮮戦争後の不景気、下山事件以後頻発する火炎ビン、血のメーデー事件に代表される警官の拳銃発射事件、労働関係法改悪反対闘争、そして破壊活動防止法など、また中小企業の倒産、自殺を裏づける事件が起っていた。あの美空ひばりの「東京さで死んだお母ちゃんを思い出す」（りんご追分　小沢不二夫作詩、米山正夫作曲」とは病気か、出稼ぎの事故か。二・一スト（昭和二二年のゼネスト）を中止させられたあとうっ積していた労働運動は生活水準の上昇とともに消費性向の変化から激発する。あたかも、徳川時代の百姓一揆を思わせる「ヒドリ」状態であったといえる。

しかしすでに新憲法は文化国家を指向するとされ（憲法二五条）たが、このころの労働争議ははなはだ未熟な労働条件の改善要求から起っている。しかも闘争には妥協はないという階級対立が基本とされる指導がなされていた。

こうした状態は旱魃と冷害という自然条件からの飢饉飢渇ではなくすでに二七年当時は十分満足と

はいえないまでも食料は出廻っていた。したがって充足を求める発展指向と政治との乖離であったといえる。

2　勝間田清一議員と企画院事件

勝間田議員がなぜ内閣の施政方針に対して「ひどり労賃へのしわ寄せ」という表現で迫ったのであろうか。

勝間田議員は明治四一年に生まれ、大正九年静岡県御殿場実業学校に入学し大正一四年三月卒業する。大正九年には実業学校令が改正され従来の工業、農業、商業等の実業に従事する者への教育を為すとあったものを改め、工、農、商等を削り、知識技能を授けることを目的とし「兼ねて徳性の涵養に力むべきもとす」とされた。このとき、従来「商工会議所ハ実業学校ヲ設立スルヲ得」に加えて「農会其ノ他之ニ準スヘキ公共団体」が加えられた。しかし実業学校令中の農業学校は、山崎延吉（安城農林村学校長）織田又太郎（茨城県中央農業講習所長～簡易農学校長、『農民の目醒』の著者）が強くその是非を指摘していた。

勝間田議員は実業学校を卒業し推薦で宇都宮高等農林学校農政経済科に入学する。宇都宮高等農林学校は前年の大正八年「高等諸学校創設及拡張費支弁ニ関スル法律」の施行後新設された高等農林学校の一つで創立（大正一一年一〇月）から三年が経過していた。ここを昭和三年三月に卒業し、すぐ京都帝国大学農学部農林経済科に入学した。

さて、この頃、東北花巻の地では宮沢賢治は、稗貫農学校の教諭となっているから処が一致すれば師弟の関係が生まれたかもしれない。賢治が労農党の援助を行っていたころ、勝間田議員は京大社研のメンバー山本宣治の遺骨を京都駅に出迎え逮捕留置（昭和四年三月一五日）される。賢治は盛岡高農卒業後研究室助手として働いていた。いずれ教授への道はひらけていたが、疾病と研究への懐疑から定職不安定の時期があった。勝間田議員も大学は卒業したものの就職試験は受けても採用されなかった。幸い財団法人協調会の農村課に勤務し、農村不況対策を担当し、埼玉県の井泉村（現羽生市）に寝泊りしながら四ヶ年調査と指導に従事する。協調会は戦後解散したが、労働協会に引継がれた事業は労働関係、消費組合、農村問題の出版等であるが、その中に勝間田著作の『吾国過小農問題と共同経営』『農村更生計画の樹て方』がある。また『農村に於ける塾風教育』も協調会の調査結果が編著された。

勝間田議員は四年後の昭和一〇年五月協調会から新設された内閣調査局農村班に移り、ここで農林省から出向していた和田博雄と生涯の交友が始まる。（内閣調査局は企画庁を経て昭和一二年企画院となる）そして「内閣調査局から企画院時代にかけて〝官庁人民戦線〟なるものを組織し、コミンテルンおよび日本共産党の目的遂行のために活動した」として治安維持法違反嫌疑で昭和一〇年九月二九日の完全無罪判決まで〝非国民〟状態におかれた。

昭和の初頭は恐慌、冷害による農村疲弊の時代で農業生産は打撃をうけ、ヒドリの賃金で糊口をしのぎあるいは娘を身売りしてのくらしに農家はおかれていた。勝間田議員は協調会で内務省の農村更生の業務に従事していたし、和田博雄は農林省農政課で経済更生部の「農山漁村経済更生計画樹立実行運動」(「経済更生運動」に関与していた。井泉村は昭和七年度の計画に記載されている。

勝間田議員が直接宮沢賢治の「雨ニモマケズ」の手帳を見ていたか、また作品を読んでいたかなどは不明だが、すんなりと「ひどり労賃」とすることは協調会時代の職業的体験のみからではない。その一つは、企画院調査官(昭和一二年)のころ、法政大学小野武夫教授からの依頼をうけ大学二部で農政学の講義を五年間にわたって担当している。小野武夫教授は山形県最上共働村塾の塾長松田甚次郎の農村運動と人間形成のうえで大きな影響を与え、これを支援した。その二は松田の著書『土に叫ぶ』(昭和一三年)と『宮沢賢治名作選』(昭和一四年)の羽田書店主羽田武嗣郎であり、その三は広く一般の人々にも訴えた新国劇一座の『土に叫ぶ』の東京有楽座の上演である。そして四つ目は、埼玉井泉村周辺での村の人たちとの交流であろう。もちろん会話が記録されているわけではないが、拙著『宮沢賢治のヒドリ』を読んだ井泉村近くの歌人から「私どもの村でもヒドリは日常誰もが用いていた」とし、また母たちが農村更生運動で共同炊事の活動をしている当時の写真と歌人自身が行った経済更生運動についての関係者からの部厚い聞き書が送られてきた。そしてその五は勝間田議員の裁判が井泉村の平野家の広間で行われ、小学校の先生で産み月を間近にされる婦人が、涙をポロポロ出しながらの語りかけに裁判長も感激したほどで、村の人と、農村更生という活動の中に「ひどり」の持つことばの凄さと農村の、農家の生活のなかから体得した「ひどり」が勝間田議員をして国政の場での質問に用いられたまさに真実、自然のことばなのである。

3　二つの国会会議録

国会会議録検索システムから本会議の記録を読み、続いて、『勝間田清一著作集第一、二、三巻』を読んだ。その第二巻の巻末には丁寧に枠囲いして著者のことわり書きがある。

（収録した衆議院会議録には明らかに誤植と思われる個所が散見されるが、会議録という文書の性格上、訂正を加えずに、原文のまま収録した――著者）

そしてその左頁の奥付の著者名は「勝間田清一」とある。当然のことだが、しかし、突合せして驚いた。丁寧なことわり書きにかかわらず国会会議録と著作集の文言が違っている。ではなぜ「著者」のことわり書きがあるのだろうか。逆説的肯定方法なのか。奥付には「編者勝間田清一著作集刊行委員会」とあるが代表者の氏名はない。この編者が「ひどり労賃に」を「ひとり労賃に」としたのであろう。これに対して、著者勝間田清一は逆説的にことわり書きを付したのであろうか。すでに「刊行委員会」も「発行日本社会党中央本部機関紙局」も存在しない。もし、この関係者がとりちがえたとするならば質問の前後と当時の社会的経済的状勢からすれば「労賃にのみしわ寄せ」とするならば政治的状況からの脈絡はなりたつともいえるが。

著作集第二巻の巻頭に衆議院の議長席演壇に立つ議員の姿とすぐ直下の速記者席の四名の速記者の写真が掲載されている。速記はいわゆる「国会速記」で厳正正確を第一としているし、何よりも四人の速記者が、じかに発言者の声を聞きさらに受信装置による聴取があり、さらに速記起し後の議院の記録部の厳正な監修と職業上の自負と名誉がある。またその四人の速記術には会議場の議員はもちろん国民の耳目が存在している。しかし独特の用語、発音などがあるし、印刷時の誤植などもあろうから、速記起し後に記録部と発言者とは速報のときに確認し合って公報の発行となる。質問の経緯、主旨からすると、「ひとり労賃」のときは「ひとり・労賃」と間をおいて発音するか、句読の切れ目をつくる、また息をのむかして抑揚に変化をもたせる。「ひどり」または「ひどり労賃」は「新宿モナミ」以降、熟語となり、地方語となり、いわゆる方言ではなくなったのである。ここで信頼できるのは、衆議院記録部速記者が聞いた演壇からの勝間田議員の声そのものであり民百姓の声である。勝間田議員の質問に、吉田総理外六人の国務大臣が答弁しているが、あくまでの立法府の答弁で行政での実行や措置に及んでいない。その後日本国の財政は厖大な国債の発行で国家財政の破綻に及んでいる。

4 〝歩み入る雪後の天の蒼の中〟

勝間田議員と青年時代から絶えることなかった五歳年長の和田博雄の突然の終焉間近の句である。この「蒼」は干したあお草のような色で生気のないあお色。また草木のあおあおとおい茂るさま。あるいは蒼惶はあわてふためくさま、そして、艸と倉で、倉にとりこんだ牧草または新穀の色などだが、俳人はいずれかを示さず蒼惶として現世と離れてしまった。直前に筆者は友人ともに陳情に訪れた。その時の和田博雄議員はすでに政界引退を表明していたが陳情の主趣にふれると「じいさんがそうしろ云っているよ」と応諾して下さった。「じいさん」とは石黒忠篤元農林大臣であることは言うまでもないが、「両氏の共通点、類似点が極めて多い」なかの「学問研究と農民教育の重要性についての深い認識と抱負の実践」（大竹啓介『幻の花』）である。明治以来の農業教育には行政部局、農林省と文部省の所管争いがあった。特に昭和九年の農村の不況、農業恐慌の匡救の方策を内政閣僚会議でその対策五項は決め、当面その実践者となる農村で実務を担い農業技術と農業経営の改善と進歩を図り農村更生を推進する中堅となる人物を文部省の所管する教育と提携して行ってゆくことができなくなった。それは鳩山一郎文部大臣が農村救済をすすめる内政会議への出席を拒否し、織田又太郎らが明治以来の文部省の行ってきた農業教育の不備欠陥を改め発展させようとしない匡救へのこころのなさであったと石黒次官（当時）を嘆かせた。

「じいさんがそうしろ」ということは、石黒忠篤が終戦後の九月八日から一〇月三一日までの間全国農業会長に就任したとき内原の施設の中の教育施設（旧制の高等農林学校）を全国農業会の高等農事講習所として、農村、農家の中心になって活躍できる人の養成施設とし、次の全国農業会長（茨城県農業会長柳川宗左衛門）に引継ぎ、会内で教育事業を担当していた勝賀瀬質理事が内原の江坂弥太郎総務部長、阿部国治教学部長らと打合せて将来方針を含めて成案をみた。勝賀瀬理事は当時の和田博雄の農業教育問題への情熱と積極推進に感歎したとしているが、勝賀瀬理事もまた、この農民教育の完遂に努力している。大竹啓介氏は『幻の花』で東畑精一の撰、揮毫の挿話を記しているが、この愛すべき「東畑一代の不覚」を和田博雄と石黒忠篤そして担当者が苦心してつくった農民教育の組織がその後偏屈な現場の教育担当や傲岸な事務担当に重ねて見ていた。そして「じいさん」が云っている心配ごとを解決し発表させることを政界引退後の仕事としようとしていた。当然やがて勝間田議員をひきいれて、政治の「ひどり」状態からの脱出、いつまでも続く農村、農家の「ひどり」（すでに季節、周年の出稼という奴隷的雇用関係となっていた。）からの真の解放を農民教育の完成ではかろうとしていた。

農民教育の難問題はいまも絶えることなく山積し、継続している。それは農業の地位の地盤沈下から起ったものか、農家が農業離れをおこしたからのものか言うをまたないことである。東畑農民教育協会長は自ら経営する学園の卒業生が教育施設や教育担当者の充実を要望するとよく「そうかね、そんな教育施設で教育を受けた諸君が農家や農協や農業改良普及の場で立派に働いていることで十分」とにこにこしながら、学歴資格も持たずに働いているわが教え子を称えていた。

農民教育の課題は農業では食えない、貧乏はあたりまえ、食えなければひどりにいけでは完了しない。勝間田議員の国事犯の裁判が井泉村の農家の広間で開かれ、村人が証言する。証言されている人物が本来の農村指導者というのであろう。公表された国会会議録が書きかえられる。それを予期したかのように、論争好きの改ざんを予期したかのようなことわり書にあるいは禁じ手をかくしたのでないかといいえる。

手もとに三種類の「雨ニモ…」碑の拓本がある。一つは終戦直後直接採択したもので紙はぼろぼろになっている。二つは高村光太郎の加筆があるが「デ」とあるもの、三つは二の原型といえるもの。見くらべらながら和田博雄や勝間田清一が完全無罪になったときの心境を思っている。

その三　第五四号「常陸風土記とヒデリ」

1　亢陽《ひでり》　穀《たなつもの》実《みのり》の豊稔《ゆたか》なり

（1）風土記

常陸国風土記のはじめに「常陸国司解。申古老相伝旧聞事。」とある。これは「ひたちのくにのつかさ、げす。ふるおきなのあいつたうるふることをもうすこと」と読んでこの風土記の題名となっている。これは常陸の国の国司、今の県知事のような職務者から中央政府の長官への報告進達の文書（解状・解文という）がそのまま書名となったものという。

風土記はその国や地域の地名とその由来、そこの産物、地形、古くからの伝説などが記されていて、当時のありさまが、現在の県勢要覧のもとをなしていると言える。常陸風土記等（もともと国の字はなかった）はいまから一二八〇年前（西暦七三三）頃につくられたとされ、現在に伝えられるのは次の五風土記と逸文といわれ保存に欠落のあるものとがある。

霊亀元年	（七一八）	播磨風土記
養老二年	（七一八）	常陸風土記
天平五年	（七三三）	出雲風土記
天平十一年	（七三九）	肥前風土記
天平十一年	（七三九）	豊後風土記

このうち播磨、常陸の両風土記は風土記の基本といわれその他の風土記と区別している研究者もいる。また常陸風土記は播磨風土記より早くに作成されたとされている。

（2）　常陸風土記の旧聞《ふること》

常陸風土記の書き始めは「総記」といわれているが、次の言葉で締めくくられている。（日本古典文学大系2・秋本吉郎・岩波書店・昭四六・以下「大系」という）

年遇霖雨　即聞苗子不登之歎
歳逢亢陽　唯見穀實豊稔之歡歟

年《とし》、霖雨《ながあめ》に遭《あ》はば、即《すなは》ち、苗子《なへ》の登《みの》らざる歎《なげき》を聞き、歳《とし》、亢陽《ひでり》に遭《あ》はば、唯《ただ》、穀實《たなつもの》の豊稔《みのりゆたか》なる歡《よろこび》を見む。

総記ではこの文の前に「古の人は、不老不死、常世の理想郷国と恐らく疑うことはしなかろう。言うならば、存在する水田は上田が少なく、中田が多い」としている。霖雨は頭注に「長雨、雨続き」

とあり、次に「日照り続き。雨続きに対する対句」としているが、ここでは、単に「年」と「歳」にかかるものといえる。また終わりの「歟」は特別に取り上げていないが、この「歟」には「うん」で言い表す承諾、肯定の表現とし力をこめたことをあらわし、また文末、句末につけて、疑問、反問の語気をあらわすものだが、気が安らかという感嘆の意と解されるものとなる。

そこで「亢陽・ヒデリ」のときはとは何をさすのか。日常の挨拶で晴天のときは「きょうはよいお天気で…」に始まり、雨や雪の日のときには「大変なものが降りまして…いつやみますか…はやくやんでくれるといいんですが」などとなる。

霖雨、低温、冷害をひきおこした天候に対して、亢陽・日照りはたかぶり、昂然として卑しからずとなり、あとに記す杜甫の詩「秋に乗じて熱す」に関係することとなる。

ア　長雨の歎と亢陽の歓

ある「年」は長雨で、またある「歳」は日照りであったが、常世の国であるのは、広く地味は肥え開墾して農耕するのに適しているから、生産労働に励み家々は饒《ゆたか》である。常陸の国は広いからということは、まさしくお国自慢と言うことになる。これはいずれ国司ごとの統治の力量の評価となったであろう。現在でも農産物の生産量を地域の面積を考えず比較しあうが、はていかがなものであろう。

イ　常陸国の産業気象

総記の終わり九行は常陸の国の経済地理の締括りであり、また霖雨・長雨、亢陽・日照りの、定義づけとして読むことができる農業気象記録でもある。

長雨のときは「お天気が悪くよわります」それはせいぜい三日ほどで屋外の労働でも「雨の三日も降ればいい」と唄われる。長雨では太陽はでないから気温はあがらない、当然日照時間は短く作物の成育は悪い。

稲は田植えしてから苗が分蘖したり、幹長をのばしたりしながら、やがて米になる幼穂をつくる。この時期に日照不足や低温にあうと米粒数や不稔実などの良くない穂ができてしまう。とくに東北地方の冷害などがひきおこされて、「サムサノナツハ」不作を虞れ「オロオロアルキ」することになる。

ウ　科学農業

この「苗みのらず」は当時もいまも水稲栽培の技術を言いえている。稲穂のもととなる幼穂形成期から出穂のあいだを穂孕期といいまだ一般に黄金色の稲穂を想像することはできない。農家ではこのとき朝夕の田回りを欠かさず水管理などでその保護につとめる。これは旱天のときの水不足とおなじ苦労のことである。

稲の幼穂形成期の顕微鏡写真を動画として世間を驚かせたのは「稲作十二ヶ月」として終戦後、朝日新聞社が発行していた「農業朝日」誌に連載したのは農林省農業技術研究機関の和田栄太郎氏であった。あるいは氏はすでに退職して、茨城県鯉淵村の高等農事講習所で作物栽培学の教授をされておられた頃であったろうか。

これは戦後の農業とその技術の発達が、国民の食料確保に、また流行の文化国家論とともに科学農業の口火ともなり、農業関係者はもとより、食料不足にあえいでいた消費者からも高い関心がよせられた。これらは農業の研究や試験機関では日常のことではあっても、さらに進歩への一石が投じられたと喜んだ。

穂孕期　宮澤賢治一九二八・七・二四（抜粋）

／稲田のなかの萱の島、／／ただまっ青な稲の中／眼路をかぎりの／その水いろの葉筒の底で／けむりのやうな一ミリの羽／淡い稲穂の原体が／いまこっそりと形成され／この幾月の心労は／ぼうぼう東の山地に消える／／みんなのことばはきれぎれで／知らない国の原語のやう／／青い寒天のやうにもさやぎ／むしろ液体のやうにもけむって／この堂をめぐる萱むらである

宮沢賢治『春と修羅　第三集』の幼穂形成期の観察である。「煙のやうな一ミリの羽」とあるが和

田栄太郎氏の記録はその成長する時間がとらえられている。「淡い稲穂の原体が　いまこっそりと形成され」ていく精と根の記録が映し出されている。

エ　苗子不登《なへみのらず》

「登」は穀物が熟し、穂を抜いて実を上につける「そのとき」のことである。もちろん稲は穂をさげる。漢土では高梁《こうりやん》（きび）が人の背丈をこえて実り、日本では稲の穂が頭を垂れて実る。不登もまた現在に使われる適切な言葉のひとつといえるが、稲の刈り取り乾燥のとき、いまでは見ることも少なくなったが、田の中や、馬入れ道、畔などに細い木の棒を組んで稲束を架けて乾燥させる。稲架《はさかけ》は後熟と登熟作用をうながすものであるが、後熟と登熟は区別して用いられる。この不登は作物が成育しないで収穫することが出来ない歎きである。

（3）　年…遇と歳…逢

ア

「年」は穀物のひと実りする期間で三百六十五日余をさし、「歳」はそのとしの作物のみのりの出来ぐあいをいい、不作と豊作の状況をしめしている。また、長雨では温度が低く、日照不足となり、苗はよく成長しないし、子実は実いりがわるくなる、それは即ち「歎」である。日照り（旱天ではない）のよいときは、豊年満作をただかしこまって、しかも、いそいで「歓」のあらわれる人にあうことになる。それは太陽までも亢《たかぶ》っているようになる。

イ

「遇」はたまたま思いがけずにあうことであり「逢」は両方から近付いて一点で出会うことをいう。豊年となることを願い働くとき、また作物がよく成育するため「五風十雨」に恵まれて過ぎるには、五日に一度の風、十日に一度の雨が降ればよいのだが、とすれば一か月の半分以上がよい天気の亢陽であり歓べる。筆者はある会合でゴフウジユウウとだけ話したところ、それ、なんですかと問われたので加えて「この秋は雨か嵐か知らねども　今日のつとめに田草とるなり」（二宮尊徳の作という）を付け加えたことがある。「風」について、中野重治の詩「その人たち」のなかの一行だけをつぎに掲げておく。

サヤ豆を育てたことについてかつて風が誇らなかつたように

これは気象のなかの微気象として、豆の花の受粉の好結果は、枝葉の茂りのあいだに、風が通ってサヤ豆の花が受粉し実となるということで、農作業での畝幅、株間の植栽密度の適不適をさし風の効果効用のことである。気象は地球、宇宙規模のことであるが、作物や家畜の成育している一番近くの気象こそが大切となる。鉄道省の管轄している中央気象台の産業気象課長をしていた大後美保は植物生理気象論や農業気象通論などでこのことを研究し広めた。京都の公家の家柄の家系といわれ、おくげさんと親しまれていた。

農業での、お天気半作は部外者の揶揄であり、当事者の自虐であるが、しかしそれらは自然への畏敬、自然神の尊崇、そして古老からの言い伝え、また天変地異に見舞われた記憶と、その痕跡にみる恐ろしさなどからのもので伝承の技術といえる。風土記の撰進は現代の文明、機械の記録方法のそれではないが、風土記により今に伝えられて生きているということである。

ウ

「逢」は両方から近づいて一点で出あう、あるいは峠のうえで出あう、ことなどを意味しているが、また多くの憂いと逢うことも含まれている。ここで「歳、亢陽に逢はば、」のつぎに「唯」とあるが、これは詩の慣用語で「ただみる」であるが、「いえども」と読み「〜であっても」となる。

それは太陽は照り、人は天気がよいので結構なことと働き、よい実りに歓びをむかえ、そして両方が出会うそれが「逢」である。

エ　「霖雨」と「旱天」

霖雨は長雨とか秋霖などで理解できるが、亢陽の亢は亢竜、亢奮などでつかわれるが見聞きする機会は少ない。

「亢陽に逢う」は、お天気のよい「ヒデリ」のとき、「今日は結構なお日和で」と「穀実の豊年を歓びあう、しかも人同志だけでなく、亢陽というお天気と両方から出会うということである。「旱」は天地が、からからにかわいて水分が無くなる状態をいい、乾は高く明るくて強い天をいう、渇はのどがかわく、大旱・おおひでりとしたものもある。

喉が乾き、口のなかが渇くと水を飲む、なま水で赤痢、アメーバ赤痢などに罹りやすいくらしをする、また炎天の屋外の肉体労働は人にとって苦痛である労働をする人を苦力《くーりー》という呼び方をした国や時代があった。修辞の巧みさではすむことにならないが、暑いときに「お暑うございます」「暑いぞー」など挨拶の季語にことかかない、人は暑気にあたってのぼせ、太陽も廻転軸を近付けて暑気を強める、人と太陽ともに高ぶる、これらを引っ括めて修飾したのが亢陽という漢語であったのではなかろうか。

また、雨には恵みの雨、旱天の慈雨という優雅な表現があり、このとき人々は喜び、潤い、天に感謝する。動植物は萎凋《いちょう》から生き返り、土もまたしっとりとなる。ただ、人に関しては、亢顔、亢直、亢傲、など世の中に良くうけいれられない言葉が多くある

オ　対句

大系の頭註九項に「亢陽に逢はば」の日照りは「霖雨に遇はば」の対句としている。漢詩の詩法だがこの場合は対句というよりは対偶表現というべきものであって、対象的な表現二句を組み合わせたものといえる。これは現代の演劇や映画で悲傷な場面に、陽気な楽曲で覆い対比的な方法を導入とて複雑な効果を求める方法などに類するものであるという。

「雨ニモマケズ」の「ヒドリノトキ」を「ヒデリノトキ」とするのは「サムサノナツハ」との対句とするという説を、この常陸風土記がすこしでも明らかにすることが出来ればと思う。漢詩のなかの対句といわれる細《こま》やかなものを「たんねんに拾い集めて、数多くの分類を立てたのが、我が国の僧空海である」（佐藤保『中国古典詩学』）という。また、わが古人の仕事が今の私たちに教えてくれているものである。

2　唐の詩人杜甫のヒデリ

（1）「亢陽乗秋熟」ひでり、あきにじょうじてうれる

ア

『訂正常陸国風土記』は天保十年（一八三九）に常陸水戸家の家臣西野宣明・弘道館授講が校訂し江戸の書肆和泉屋から出版したもので「水戸御板」といわれているものである。（以下原本という）たびたび引用してきた「亢陽…」の原本記述の頭注に「本字典に曰ふ旱は亢陽を曰ふ、唐の杜甫の詩に「亢陽の秋に乗じて熟《う》れる」とある。米が稔り、果物が柔らかく熟れ、登熟するその秋は亢陽《ひでり》が作物とそれを作る人とを集めて、掛け算をしたように、大きな積となったと解され、ここでは「熟」としている。また井上雄一郎『常陸国風土記新講』では「熟」とあるが、『杜甫全詩集』第三巻に収められた「杜少陵詩集」第十五巻では「熱」とある。また、大系にはこの注記について触れていない。

イ

詩「雨」　杜甫（唐の人、号を少陵・七一二〜七七〇）

この杜甫の「雨」の詩は唐歴大暦元年（七六六）夔《き》州で作られ杜少陵詩集第十五巻に八篇ある「雨」の詩のなかの一篇である。詩は一行十字、第一、二連四行、三連二行で「また雨ふりしことをよめる詩」とある。（『杜甫全詩集』鈴木虎雄訳註・日本図書センター・平成二年二月二八日・第三刷）その第一連の三、四行を読むことにする。

雨（抜粋）

亢陽秋熱に乗ず、百穀皆巳《すで》に棄つ。
皇天徳沢降る、焦巻《しょうけん》も生意あり。

詩意は、秋の残熱に乗じて陽気が高ぶり、もろもろの穀物は皆棄てたも同然であったのに、天からめぐみの露が降って、焦げて葉を巻きかけた草木までもいきいきとしたこころもちが有る様になってきた。（鈴木訳）

原本の校訂者西野宣明は、杜甫の詩と幾つかの写本の異字をくらべたであろうが「熱」と「熟」がどの段階で異字となったのであろうか。（写本八書参照）「熟れる」と「熱する」に共通するところがあるだろうか。「熟」については説明してきたので「熱」についてふれることにする。

「熱」はあつさを感じさせるもの、火や物体、身体などのあつさ、そして太陽熱で、心がほてって夢中になる。熱心、熱中、などをいう。ここでは「熟」と同義また同義的というと付会となることをさけたいので異字とする。それは詩「雨」は、陽気のたかぶりと、「徳沢」をあわせて「生意・活気」をつくり亢陽と慈雨の両者をひとつにした杜甫の詩ごころで、秋九月の豊作、我が田や野菜を育て、また水汲みの費用も省ける、雷も稲妻も元気を奮い立たせていったと、賛美している。雨に託つけた情緒ある詩一篇としている。
水戸藩西野宣明の訂正常陸国風土記は天保十年（一八三九）杜甫の没後の一〇六九年の上梓で、詩「雨」は杜甫が亡くなる四年前の作である。わが国では天保四年は「天保の大飢饉」の年であった。また、江戸後期は儒学の変貌と国学の興隆の頃であった。

（2）写本八書の「亢」

原本の凡例にこの書はかって異本を集めたところ八冊集まったとあり、そのうちつぎの五冊を総記頭註から選んだが、このほかに己、庚、辛、の三本があると記されている。

甲本　常陸国鹿島神宮所蔵　亢陽を冗陽とする　＊冗はあきる、みだれる
乙本　水戸藩彰考舘所蔵　亢陽を冗陽とする
丙本　京都松下見林校正　亢陽を它陽とする　＊它はへび、ほか
丁本　昌平文庫所蔵　亢陽を元陽とする
戊本　備中笠岡祠官小寺清先校訂　亢陽は杜甫の詩にある　＊亢はたかぶる、たかい
（＊印は筆者の手持ち辞書による）

これから見ると、戊本からの引用とみてとれる。漢字の書体、運筆の巧拙は写本にとっても、また、利用者も気を配らなくてはならない。風土記のころには気象測候技術などはないが、「古老の相伝える旧聞」は風の向き、雲の色や流れ、また鳥、獣、気温などの変化を記憶し、それに照らして判断できる能力となる。それを「史籍」に載せて言上するようにと、和銅六年（七一三）に定めやがて風土記がつくられる。この和銅には古事記の編纂、秩父の銅の産出、和銅開珎の鋳造などがおこなわれた。

（3）　風土記と杜甫の詩

風土記はわたしたちが、国家、民族として誇りとすることが出来る記録であり、また古文学の価値をもっている。その記述からの出典が、唐土で詩聖といわれる杜甫の詩で校訂がなされていた。いまごろは単に交流の促進の一言で片付けられるが、当時は生命がけで行われていたことである。杜甫のみごとな修辞がわが風土記の一角にあり、しかもそれを使った記述者そして校訂者の博識と努力の賜物に深甚の敬意を表し使わせて頂いた。

3　「ヒドリ」三つの因縁

詩聖杜甫についで、わが東北の「聖人」宮沢賢治に登場して頂く。少し前のことであるが、「聖人宮沢賢治」を表題に写真誌が売られていた。英雄待望なのか、ただ賢治さんを多角に見ようとしてのことかわからないが、すでに賢治さんは賢治さんらしく、そして花巻の賢治さんで親しまれ別段、位階勲等も社格もいらない、生まれて亡くなるまでの賢治さんのまま作品に接すれば賢治さんはこころに沁みこんでくる。王冠印手帳の悲哀から、遺言法や著作権法などに縁どおいころの人や時代のことも、無名の頃の賢治さんのことも、読みとってこそ理解の進展になるのではないのだろうか。

（1）

下根子に松田甚次郎現れる。「昭和二年三月盛岡高農を卒業して帰郷する喜びに浸っている頃、毎日の新聞は、旱魃に苦悶する赤石村のことをかき立てて…」（赤石村は現在、紫波郡紫波町）いたので盛岡高農の農業実科を一緒に卒業する須田仲次郎と連れ立って、村を見舞い、道々会う子供たちに、買い込んできた南部せんべいを与え、午後、御礼と御暇乞いに恩師宮沢賢治をお宅に訪問した。」十九歳の年で、十二年のちに文部省推薦図書『宮沢賢治名作選』を羽田武嗣郎の羽田書店から出版したその人である。赤石村の旱魃は大正一五年からのものだが、この年、二月の降水についてだけ記すと十七・六ミリで前後五か年の平均四五・五ミリの四割にもならない。（詳しくは拙著『宮沢賢治のヒ

ドリ』をご覧ください）

松田甚次郎はこの日、賢治から「小作人たれ」と「農村劇をやれ」の二つの重大課題を与えられ、そしてその実践を隣保共助、最上共働村塾の建設運営、そしてこれらの体験を『土に叫ぶ』などの著述をとおし、宮沢賢治を文壇から国民大衆におしひろめた。これらは旱魃との第一の因縁となった。

（2）

賢治は昭和八年に病のため亡くなられた。そして十年たった昭和十八年、山形県最上郡稲舟村（現新庄市）もこの地方の大旱魃のなかにあった、七月九日、松田は村の人たちと八森山の八森権現に雨乞い祈願に登った。

その姿はあの東京・有楽座の舞台で、島田正吾や辰巳柳太郎が叫び伝えてくれた山形の、稲舟の、塾頭の勇姿ではなかった。そして八月四日、急性心臓内膜炎のため三十五歳の生涯をおさめ恩師宮沢賢治のまつ国に旅だった。後に遺骨は分骨され宮沢家、松田家で下根子の賢治詩碑に葬りいまに眠っている。これが旱魃とむすぶ第二の因縁である。

松田甚次郎の功績については、敗戦を境にとだえた、戦争協力者の側に置かれた。幸い農山漁村文化協会（農文協）の方々が安藤玉治氏の『賢治精神の実践・松田甚次郎の最上共働村塾』を出版した。

また日本農業新聞が斉藤勇次氏の「農村改革者松田甚次郎」を連載した（昭和六十二年七月）これらは市販されたものだから入手することは不可能ではないが、共働村塾の思い出文集「寂光」、追悼文集「和光」などがあるが入手は困難であろう。松田甚次郎は恩師宮沢賢治がしなかったこと、できなかったこと、そして申し送られたことどもを実現しつつ「土舞台」の土となった。

（3）あの世での賢治さんの歎き

さて、ようよう三つめの因縁に辿りつくことになる。賢治さんの身近の人のなかに文明知識にたけ、都会の言葉遣いなどに染まりたい願望から、田舎の言葉で書いた詩は都会の人には喜んでもらえない、だからヒドリはヒデリに書かえるベシという気持ちがあった。

岩手県平泉町の生まれで国語文化の研究者小松代融一の歎きは「架空の標準語を、地元生え抜きの先生によって、熱心な国語の授業が続けられたにもかかわらず、公の場所で自分の意見を思いのままに発表できない児童や生徒の育成に終わった」のである。いま標準語は外来カタカナ語に押しまくられ、また西からの土地言葉の強さの、テレビ文化の陰に埋もれ気味と見られている。ヒドリが一地方の言葉としても、南部藩では公用語としてお触れ書きに登場している。身近の人の贔屓の引き倒しは賢治さんから故郷を奪ったことになる。高村光太郎は「東京に空が無いといふ。」智恵子を愛おしんだ。

いま東京には二つの空虚という空かある。その一は永田町あたりのムラという地域、もう一つは寒い年の暮れに日比谷公園に派遣ぎりされた人のムラができる。この上には空はない。ただ空《くう》があり、虚しさのみがある。そこにはまたお国言葉がある。それは「中央に奴隷のように集められた地方のエリートたちが、共通語に奉仕しながら母なる言葉を退治すればするほど出世」させるという相沢史郎の「方言の復権を」の指摘する矛盾の空《くう》をつくる。

すでに過ちは犯されている。昭和の農業恐慌や冷害被害に苦しんだ東北の農家・農業者を匡して救うという思いあがりはとおらない。匡は型にはめて型どおりにすることで、もとは「其の悪を匡救す」である。冷害や世界の経済不況、国内の統治の不全が農家農業に農村疲弊をもたらしたので、それがどうして農家の悪となるのか、匡救の土木工事の手間賃を貰ったら、役場の人に未納の税金を差し引かれたと、病人を抱えた農家の主婦が訴えた事実が残っている、それがヒドリの実態である。このときながす涙を賢治さんは「ヒドリノトキハ　ナミダヲナガシ」と書きのこした。その人たちの姿こそが雨にも、風にも負けない百姓の勁《つよ》い姿なのである。この姿に目をそむける人がいる。だが、なが年、耕した人の語り伝え、古老たちが相い伝えてきた旧聞をしらべよと命じ、またそれに忠実であった人々の努力のあとを常陸国風土記に見ることができる。

【三】詩誌「詩界」No.259日本詩人クラブ発行
宮沢賢治の「ヒドリ」と高村光太郎の「ヒデリ」

一「雨ニモマケズ」詩碑と拓本

1「雨ニモマケズ…」三枚の拓本

宮沢賢治が住んでいた下根子桜に建立された「雨ニモマケズ」の後半部を高村光太郎が揮毫した。この詩碑の内容文節の異った拓本が三帖手許にある。一つは「花巻賢治の会覆製」と包装紙に印刷されたもの、二は「宮沢賢治詩碑拓本」で林風舎（花巻市大通り）と「財団法人宮沢賢治記念会」と印刷されたもの、その三は筆者の兄が友人と採拓したもので、日時ははっきりしないが、当時興奮気味に話していた北上川が洪水で溢れていたといっていたから学生であった二人は九月二十一日の賢治の命日に合わせたと思う。すると洪水は昭和二十二年九月十五、十六日のカスリン台風のあとと思われる。当時の物資不足からか洋紙を使ったので今はボロボロと破れる始末である。

その一の拓本は花巻賢治の会覆製とあるから詩碑建立の発起人関係者の採拓であろう。その二は訂正追刻のものである。この詩碑文は〈東京の高村光太郎氏、谷川徹三氏、草野心平氏、藤原嘉藤治氏等の意見を徴すると「雨ニモマケズ……」の晩年の詩はいゝ然し長すぎて困るといふのであったが、最後に愈々となって、上句をけずって「野原ノ松ノ蔭ノ……」以下を碑文にしやうと決定したのである。これで吾々委員もほっとしたのである〉（宮沢賢治研究5・6、昭和十一年十二月廿日、宮沢賢治友の会）高村光太郎の碑文墨書は昭和十一年八月初旬からすすめられ十一月二日揮毫が到着したとある。

碑文は「雨ニモマケズ…」手帳から書き写されたものと誰しもが思う。しかし撰文原稿に遺漏があった。

高村光太郎は後に原文「雨ニモマケズ」手帳との不一致を揮毫者の責任と感じたであろう。それは東京・新宿「モナミ」での第一回友の会でこの「手帳」を見ていたこと。揮毫は文字を書き写すことではない賢治の詩と想いを碑とすることである。小倉豊文が当時出席していた永瀬清子から「雨ニモマケズ」手帳に感じいった高村光太郎のポーズまでも記憶していたと聞かされている。永瀬は生前の賢治の作品を紹介した四人（辻潤、佐藤惣之助、草野心平）の中にあり、のち岡山での晩年に至る生活は賢治への接近を実行した希有の人である。

高村は誰が作り、誰が手渡したかわからない原文の間違いよりも自分がそれを見抜けずに犯してしまった疎漏に、思慮の至らなかったことと、最初に「雨ニモマケズ」の詩からうけた衝撃を思い起こしたことだろう。

いくつかの修正と追い書きは文筆をもって世人を動かしてきた手を震わせたといえる。

しかし、誰それに、何を言うことなくただ一字「デ」の文字を書きかえることなくそのままにしている。これは追い書きをする心理と拒否の心理の符合なのであろうか。

2　修正されなかった「デ」

「モナミ」で読んだ手帳の文字すべてを理解し、記憶することはできたのであろうか。回覧された時間はわずかであったろうが、永瀬清子が見つめていたその姿は真摯そのものであった。高村五十二歳、昭和九年二月であり、碑文は二ヶ年ののちに書かれた。このとき記憶された鮮烈なものと届けられた碑文原稿との差異について疑問は生じなかったのであろうか。人の記憶とある時間の経過後では感覚違いが生ずるのであろうか。しかしまだ「ヒデリ」「ヒドリ」の採否の論争は起っていないが、すでに活字となったものが存在していたとも云われているから、いくつかの不幸がまとめられて届いたことになる。

したがって、モナミで回覧された詩句にそれを見た一人ひとりの記憶と一部の人が活字にしたことがこの不幸の連続となってしまった。それらのおおかたの原因は

ア　モナミでの読んだ人の記憶

イ　いわゆる方言が都会人の多く特に東京人の理解が得られないとしたこと
ウ　すでに戦争景気に入っているとき饑饉不況、農村窮乏などをわざわざ宣伝する必要はないの不名誉意識の潜在したこと
エ　農村、農家、農業などへの理解不足とその時代考証が十分なされなかったこと
オ　「ヒドリ」「ヒデリ」を安易に対句とした軽率さによること
カ　作者賢治の生活の変化の（「王冠印手帳」に見られる）把握不足と時間的経過への認識が不足していたこと

小倉豊文は『「雨ニモマケズ手帳」新考』でこの詩が初めて人々の眼にふれた機会は
①昭和十年六月「宮沢賢治研究」草野心平、宮沢賢治友の会発行
②昭和十一年一月『現代日本詩人選集』小川十指秋編
③昭和十一年七月『人類の進歩に尽くした人々』日本少年国民文庫
④昭和十四年三月『宮沢賢治名作選』松田甚次郎編羽田書店
⑤昭和十六年四月『日本詩歌選』中国語翻訳文求堂
⑥昭和十九年九月講演録「雨ニモマケズ」日本叢書四、谷川徹三生活社
この時点ではまだ桜井弘（社団法人家の光協会専務理事を退任後、生活文化社を起し手帳の復原を行った）と小倉が精魂をこめた復原版限定千三百部はまだない。できたのは昭和四十二年である。こ

れで賢治さんが使っていただ一冊の手帳は復原され少なくとも千三百人の愛好者はやっぱり「ヒドリ」だったのかと安堵したと云ってよい。

3　表記誤用の詩碑

宮沢賢治学会花巻市民の会に所属する吉田精美は「雨ニモマケズ」の表記の誤用について「国文学解釈と鑑賞」（68巻9号・二〇〇三年九月）にあまりの多さを碑文中心に記している。下根子桜の詩碑第一号について「三箇所に脱字（十年後訂正の追刻）と一箇所の表記訂正追刻。そのうえ　原文不一致四箇所がそのまま。（例松の、ソノ、行ッテが脱字、バウ→ボーに訂正の　追刻。ヒデリ→ヒドリ、イイ→イヽ、夏→ナツ、苦→ク）。このような原文不一致は、この道の大家や思慕者たちによって建立されたにしては、うなづき難いものがあると同時に、後への悪しき因縁をおよぼしたような気がする」と。

賢治の碑は、全国に九十八基、岩手県内に七十七、県外二十一あるが、詩碑五十一、短歌二〇、歌詞四、童話九、論考十三、俳句一があり、昭和四十七年から平成十四年までの九碑をあげ、たゞ一ケ所岩手県住田町川向の碑（平成十四年）が従来の碑文の誤りをただしたような模範的な碑文としている。住田町は東日本大震災にあたっても漸新な救援方法で対処している地域である。

吉田精美が九十八基の碑文について慨嘆しているが、何分、本家本元の羅須地人協会跡の碑文の誤用、誤字には得心がいかないとし当時の農林（村）社会の実態を踏えた考察が必要としている。

さて、高村光太郎が詩集『典型』の「序」にすべてへの反省回顧を記している。


今自分が或る轉轍の一段階にたどりついてゐることに気づいて、この五年間のみのり少なかった一連の詩作をまとめて置かうと…これらの詩は多くの人々に悪罵せられ、軽悔せられ所罰せられ、たはけと言はれつづけて来たもののみで…私はその一切の鞭を自己の背にうけることによって自己を明らかにしたい念慮に燃えた。


すでにこの大先輩はいないが、詩にかかわるすべての人たちに、恥をしのんで「雨ニモマケズ」詩碑の撰文、揮毫そして訂正、追刻の責を負うとしている、と理解したい。

詩集『典型』の巻頭に掲げられた「手」（大正七年作、近代美術館蔵）のいずれかの指一本でも折り曲げたり、付けかえたりまた椀ぎとったりすることができるだろうか。これをただ愚かな行為として見すごすこともまた許されることはない。

「序」からうかがえるこの人の気性、気概は亀井勝一郎が「中世的厳粛性」としているが、静かに敬虔の中に佇ませると云うことができる。序の文中の「たはけ」に傍点が打たれている。たはけはタワケと読ませるにしても戯け者、痴れ者で「ばか」「あほう」をさすが、古語ではほめる意から「うち込んだもの。ぬかりのないもの」とある。辞苑第二百八十七版昭和十五年には「たはけ」は登載されていない。ところで、「序」で平仮名で記した意図には「田分け」「田分け者」が読みとれる。高村山荘の暮しは「田園小詩」に見られる近在の人、多くは農林業の人たちとの交流が集められている。この篇では「岩手の人」(『典型』)で物語られているが、農業、農村へのかかわりとして、昭和二十五年十一月に「開拓に寄す」(五十六行)そして「大地うるわし」(十六行、昭和二十五年、婦人公論二十六年一月号)がある。岩手の戦後開拓へは「夢に神農となる」(『大いなる日に』昭和十二年十一月四日)人々を、長年の農業生活で貧窮をしいられる農家よりもさらに酷薄な条件のなかで続けられる開拓の中に見出し、あるいは我とわが身を置きかえていたといえる。

一方、たはけの傍点は「田分け」を暗示したのではないか。説明をすると「序」の構成までが損なわれるそこで傍点をつけて、ご判断を、お調べ下さいと配慮したといえよう。それは徳川幕府は農地の分地を制限する。収穫高十石、面積一町歩を標準としたがこれに該当する農家は僅かであったがこれは制限ではなく禁止と同じであった。二、三男への分家では田地は分けても年貢は長男の名で納める、しかし一方、細分化は自らを零細化し本家の困窮衰退となる。「世にあほうものを田分と云《いう》は彼《かの》田地分《わけ》より来る詞なり」といくつかの農書に残されている。『典型』序ではこの説明を詩文におきかえ智性と理性を残した。

秋田雨雀は「手」のブロンズを通し「高村光太郎は「聖戦」を賛美していたという。私はそれを信じない……何で喜んで戦争を賛美しようか？「暗愚小伝」の裏の裏、そのまた裏を読もう！」（一九五六・五・三、文芸臨時増刊）と記している。

高村の「雨ニモマケズ」碑の間違った墨書に似た句碑の誤りの改刻が昭和四十四年に筆者の近辺にあった。

元農林大臣和田博雄は俳人としてその枠を政官界で親しまれた。その句碑の碑文を東畑精一元東大教授が撰文揮毫したが、東畑は「苔枯れて庭石庭に沈みけり」を「芝」枯れてと書いてしまった。除幕式当日に発見されたが、東畑は「一代の不覚」と悔やみ「和田博雄君への告別の言葉」に顛末を記し『農書に歴史あり』に「大失策であった」と追記した。

昭和五十年に和田博雄伝『幻の花』を著述した大竹啓介がそのまゝにしている岡山の建立関係者に、東畑の意のあるところを伝え改鋳された。東畑は撰文、揮毫をしたが高村は直接撰文にはかかわっていなかったといえる。しかし「モナミ」で最初に手帳を見ている。それはさらに責を感じたことであったといえる。

二　「中世的厳粛性」の忍耐

亀井勝一郎は「高村光太郎の世界」（「文芸」臨時増刊号昭和三十一年六月五日）で「中世的厳粛性」について、それは父光雲から伝えられた性質のものかもしれない。〈『典型』でも歌っているやうに、暗い封建的な束縛、頑迷な風習、その忍従のうちに育ちながらその圧迫がつよいほど芽生えてくる意志の鍛錬の厳しさである。殆んどが武士にも似た精神のたたずまひといったものが光太郎の底に一點存在する〉と書き記している。

高村は東京下谷西町、御徒町、谷中町、本郷千駄木林町と江戸下町の「神仏人像彫刻師一東斎光雲」を掲げた貧しい木彫師の家で育てられた。

1　「江戸のやつら」

名月や江戸のやつらが何知って（一茶）
夕月や江戸のやつらが何知ると　小林一茶

前の句は、正富汪洋が、宮沢賢治研究「四次元」(昭和二四年十一月一日、宮沢賢治友の会)の冒頭で「態度は穏和に行為は強固に」と題し宮沢賢治への敬慕の思いをこめて引用している。この句碑が千葉県我孫子市にある。市内の好事家がこの土地を引き払うときに、庭内にあった碑を寄贈したもので、『一茶と句碑』にも掲載され、東京の新聞にも取り上げられたという。正富は(一茶)と括弧をつけているが正富の勘どころなのか。

ところが一茶句集には登載されていない。二句目のものが一茶の詠んだものではないかと我孫子市とその近在の一茶愛好家はほぼ結論づけている。

「名月」であれ「夕月」であれいかにも一茶の面目躍如の句で、正富が引用したことは古くから、前の句の方が多くの人に親しまれてきたから、一茶詠となって世間に広がったのではないだろうか。高村光太郎の「中世的厳粛性」の中には江戸市民、江戸っ子としての心意気が満ち溢れている。詩集『大いなる日に』の一篇、「十二月八日」を現在只今の世情と状況とに重ね合せてみると、高村光太郎の厳粛性と心意気が浮びあがってくる。

一茶が「江戸のやつらが」と世情を捕捉した。高村は「東京悲歌」(『典型』以後)で小林一茶の句の中に身を置いて告発している。

ト、ウ、キ、ヤ、ウはどこにもない。/文化のがらくたをぶちまけた泥棒市が/朝から晩までわめいてゐる。//…クイズと、頓智教室と、/それが山のやうにある。/したり顔してぬけぬけと/

名答ばかり吐いてゐる。／山の住人山から出てきてまづ食へさうもないだけだ。とぶちまけている。

「協力会議」は『典型』「二律背反」の一篇であるが序で「この小屋に移り住んでからの…」ものであるからとは、それ以前のものについて何といわれても仕方ないとしているが、晩年を潔く生きた詩人のこころにおおかたの日本人はそれでいいんだよと思っている。

「日日欽食の悩みに蒼ざめた者、」（「秋風辞」）「巷に竹と松が繁茂する／わたくしは大根をぶらさげ街を歩き」（「天日の下に黄をさらさう」）「願はくは機械化兵器の前に同胞を死なしむるな」（「ほくち文化」）

これらの詩句、一字の詩語は、食料不足は禁句であり、竹と松は星と錨の軍部と読める。やがて原爆となる機械化兵器、火縄銃の口火ほどの文化ということである。昭和十二年、十五年の作品であるから、江戸気質の苦心の喩、隠喩である。そして忍耐がはじまる。

2　「雨ニモ…」の碑追刻

高村光太郎の忍耐は寛容にかわる。碑文の誤りは、この偉大な詩人にとって真面《まとも》な苦痛となる。「暗愚」を標榜した「協力会議」は『典型』「二律背反」の最初に載るがその最終八行は戦時中の文人たちを悩ました検閲統制の一端である。

会議場の五階から／霊廟《モオゾレエ》のやうな議事堂が見えた。／霊廟のやうな議事堂と書いた詩は／赤く消されて新聞社からかへってきた。／会議の空気は窒息的で、／私の中にゐる猛獣は／官僚くささに中毒し、／夜ごとに曠野を望んで吼えた。

この心境にいる者、いた者高村が、死の床に臥し、遺書と前後してつくられた「雨ニモマケズ」の詩語を誤り、過ちを犯したとの自責、それ以上の恥辱を感じたであろうことは言うまでもない。また宮沢賢治への冒瀆とし、自ら厳粛をたもち続けた。

検閲あるいは原稿のボツは理由の何かを問わず屈辱と栄光を合わせ持つものだが、「雨ニモマケズ」碑の表記原文との不一致は「一代の不覚」とした東畑精一の思いと同じく心のうちに堆積しかわることはないものである。そして一茶の「江戸のやつら」の句を「忝あり」ではすまされなくなる。

高村光太郎はこれらにも厳粛に向き合っている。自分の作品がその筋の検閲を受け、また新宿「モナミ」での最初の見聞者の一人として、やがて「ヒドリ」の中で暮している花巻の人たち、農家、開拓入植農家が「ヒドリ」の真っ只中にいる。その人たちに「江戸のやつら」の一人として詫びたい気持となる。しかし、わが不明をどのように残し伝えるかそれは誤刻した「ヒデリ」を「ヒデリ」のままにすることでわが身一身に背負う。これを「ヒドリ」とすれば責任は回避できる。しかしそれはできない。それをしない。してはならないと厳粛な行動に出た。そして「たはけ」、田分け者は自分一人でよい。他の関係者を引き込むことを潔しとしないと判じたことからであろう。高村がそのままにした「ヒデリ」はその事実を伝え、証明する物証である。また「ヒドリ」の判りにくさを、有名になるために「ヒデリ」とし媚を売ったと言われようと、建碑までの関係者に不名誉を背負わせることはできない。

詮議だてを封じ、「二律背反」するなかでの中世的行為は詩人高村光太郎の面目を顕現する。

3 「陥穽」

高村光太郎の年譜に「暗愚小伝二十篇（典）六月十五日決定清書。『展望』七月号」とある。律儀の一語につきる性格は「意志の鍛錬……殆んど武士に似た精神」からのものと亀井勝一郎はいう。これに対し宮沢賢治はつねに富家の善良な跡継ぎ息子の感は否めない。下根子での生活では多額の付け買いは親がかりであった。

賢治は「農民芸術概論」で道を説いたが「王冠印手帳」の記録で見事にその難関に突きあたる。賢治は性急であった。筆をもてば湧きでてくるものをとめどなく書く、それは仮定稿であり、草稿であり、予定稿である。その後の時間と吸収する知識で推敲し完成させる。

「ヒドリ」は「雨ニモマケズ」手帳以前は感覚的な認識であった。「王冠印手帳」には「農民ら病みてはかなき／われを嘲り」「…こころうらぶれ」となり「あらたなる／よきみち」は途絶え「ヒドリ」の何であるかを知る。

照内きよみは「グスコーブドリと賢治を同一視し、犠牲死の美しさを称讃する言辞が後を絶たない」とし、「グスコーブドリの死は賢治の陥穽である。賢治はいつもなにものかになりたくてあがいていたが、なにものにもなれなかったという思いを抱いて」いた。(「コマユミ」十三号)としているが「ヒドリ」は「陥穽」の一つといえる。

草野心平は「文芸」誌に〈銀座の酒場の女主人との会話のあと高村は二人で放尿しながら「君は行動派だ。もう僕は草野心平とはつきあはない」といわれ、そんなことを言はれたのははじめてだ〉としているが、高村はゆるすことができない「陥穽」を感じとっていた。

草野はその酒場の女主人は「智恵子さんによく似ているところがあった。少なくとも感じに共通するものがあった…そのマダムと握手して外に出た」そのときそんなに言われたと「高村光太郎の人間像」に書いている。草野には高村の「中世的厳粛性＝厳粛主義」の動機と付加されているものが判っていなかったのであろう。

三「ヒドリ」の此岸と彼岸

1　産業組合青年会と「ヒドリ」

三一三　産業組合青年会

一九二四年一〇月五日
祀られざるも神には神の身土があると
あざけるやうなうつろな声で
さう云ったのはいったい誰だ　席をわたったそれは誰だ
……雪をはらんだつめたい雨が
　　闇をぴしぴし縫ってゐる……
まことの道は
誰が云ったの行ったの
さういふ風のものでない
祭祀の有無を是非するならば
卑賤の神のその名にさへもふさはぬと
応へたものはいったい何だ　いきまき応へたそれは何だ

……ときどき遠いわだちの跡で
　水がかすかにひかるのは
　東に畳む夜中の雲の
　　わづかに青い燐光による……
部落部落の小組合が
ハムをつくり羊毛を織り医薬を頒ち
村ごとのまたその聯合の大きなものが
山地の肩をひとところ砕いて
石灰岩末の幾千車かを
酸えた野原にそゝいだり
ゴムから靴を鋳たりもしよう
　……くろく沈んだ並木のはてで
　　見えるともない遠くの町が
　　ぼんやり赤い日照りをあげる……
しかもこれら熱誠有為な村々の処士会同の夜半
祀られざる神には神の身土があると

老いて呟くそれは誰だ

この産業組合は現在は農協といわれ全国、都道府県、市町付を主な区域として組織されていることをはじめに記して注釈する。

〈一連〉「あざけるやうなうつろな声で」人は神を祀るとか祀らないとか、神の身土（「仏」身体と国土）をどうしようとするのか。…その結果への予兆が現れる…と。

〈二連〉「祭祀の有無を是非するならば」と「卑賤の神のその名…」、神仏分祀と社格によって合併、廃社する…そのことへの応答がこのように現れているのではないか。

〈三連〉農家といちばん近いところに小組合がつくられ、地域をひろげて、いろんな事業をする。その一つが賢治の羅須地人協会なのだ、だから分担を決め（昭和元年十二月一日の案内状で決める予定が示されている）…そのことは…見えることのない遠い町／ぼんやりと赤いは、自給自足の農家小組合のような協会の目標、あるいはロバート・オーエンが米国インディアナ州につくった共同村を夢みたものであったのか。（拙稿「宮沢賢治のヒドリ」五章4―ア・二〇七頁以降参照）

〈四連〉「処士会同の夜半」は集った「産業組合」の若者が村で農業に従事している実直な青年を指しているのであろう。一般には処士は仕官などしない人。道家思想などの無為自然を求め隠棲する隠士に対置する。ここでは青年会で活動する青年への敬意を表すことばとしたのであろう。また前年大正十二年に仙台市で開催された第十九回全国産業組合大会の影響から題材となったのであろう。そして村の家格、土地持ち、年齢などからの序列、そして農本主義、日本主義への批判をも含めたものであったのではないか。詩句の片々からもそれがうかがい知れる。

この「青年会」はのちに反産運動(全日本商権擁護連盟・昭和八年)と反・反産運動か起るがそのとき産業組合青年連盟(産青連)の中核となった。

この詩はそのことを見抜いていたということができる。賢治の多視覚を裏づけるものである。と同時に明治新政府の社格による神社を一村一社とする方針を「祀られざる神には神の身土がある」と隠喩に委ねた。

2 賢治「モラトリアム」を絶叫する

「いま岩手県を救う道はモラトリアムをやることです」と大声をあげる。年譜(堀尾青史編)昭和六年七月十日の項にある。一緒にいた小原弥一が問い返すと「岩手県は(農家は)借金だらけです。この借金を返さないことなんです」と説明をはじめ、その声があまりに大きいので駅前派出所の白鳥巡査がとびだして傍にきたがなおも大声を発し借金不払い説をとなえ、白鳥巡査は危険思想かと緊張したが、改札（が始り）で事は了る。」とある。

「モラトリアム」は「一定の期間、債務の返済を停止または延期する」ことで戦争や恐慌、災害などのとき混乱を防止する」ことですでに昭和二年四月二二日から三週間、田中義一内閣のとき政府は行っていた。

これは昭和六年の農業恐慌は冷害凶作のみが原因ではなく、第一次大戦後の戦後不況に続いた金融政策の失敗に歴史的偶然としての大正一二年の関東大震災の震災手形の処理の法案審議中の大臣の「失言問題」からの取付け騒ぎへの対処であった。

さらに年譜には「本年（昭和六年）は冷害、凶作による農村不況深刻化し、物価は前年より一五・五％下落。農産物価格と農家購入品価格とのシェーレ拡大。農家は困窮する。」

と付記されている。

この時の農家経済は昭和五年の現金収入が対前年五三％（自作農家。自小作農家五九％、小作農家五二％）と半減し、家計費では七二％（自作農家。自小作農家七四％）これが昭和六年には五一％、四九％と半減を示している。この状態でエンゲル係数などという余裕はなく、これを「恐慌下の農家経済貨幣部門」の恐慌としたが、この現象は大正九年を源とする昭和大恐慌でそれ以来農村は恐慌状態におかれていたことになる。

農業所得が半減となり、農外の現金収入も昭和四年に対し、昭和五年には七二％、六年には六六％

となった。

3　「ヒドリ」の感覚

賢治は「モラトリアム」を大声で叫んだ。あたかも昭和の幕開けを告げるように。昭和七年の五・一五事件にはじまる不穏な社会事情を反映し小作争議が活発化するが岩手県に小作争議の記録はない。

農業関係者がいかに兼業化、副業のとりいれ、二期作、二毛作を考えても、冬の雪と寒気を克服する方法はなく、現在の加温ハウスなどは一部の温室と呼ばれた研究機関の実験室程度であった。ビニールハウスは皮肉にも敗戦後アメリカ軍が清浄野菜を生産させた水耕栽培の落し子からの発展なのである。

兼業化とともに出稼ぎという悲劇が産れた。そして兼業収入が農家所得の五一％（昭和五一年度）となった。これは所得形成面からみて農家は〝賃労働兼業農家〟であると指摘されるに至った。（阿部松夫『深化する兼業』）

賢治は「モラトリアム」を行えと叫んだときは「売るに作物の収穫はなく、買うに金銭がない」、村内の雇用もなく、都市から労働者の帰村で就業機会の減少、労賃の下落という窮乏の呻き声に呼応したものであった。そして、全農家の借金は六十億円になっていた。

4　「ヒドリ」の此岸と彼岸

宮沢賢治、賢治さんの生い立ちや人となりはよく知られている。父政次郎は「賢治は早熟児で、仏教を知らなければ始末におえぬ放蕩児になったろう…」とし鎬慎二郎に「賢治の考えは畢竟《ひっきょう》傲慢なのでがんす」（「陽光」昭和二十二年五月号）と語った。これが父から見た賢治の此岸で辿りつく彼岸とは何であるのであろう。

（1）（盗まれた白菜の根へ）一九二六、一〇、一三、日本主義への連想はいかにも天上からの説法となる。弥栄主義の一つはデンマークの農業教育を羅須地人協会で行う原点でもあった。また、老農の農法、農業技術の伝播があって当時の農業技術は伝えられてきた。

（2）村の共同作業と王冠印手帳

詩「賦役」また「饗宴」に現われる「百姓」と「農民」の違いは、大災害時の助け合いあるいは扶け合いが鮮明にした。村や隣同士の扶助は租庸調の令達のものではない。宮沢家の別荘でのくらしは「賦役」では地上を見下す位置に立った状態（佐藤通雅）をつくっている。

（3）「王冠印手帳」に書き残された悲哀の記録は賢治の精神の「ヒドリ」状態である。現金がない、日稼ぎ先もない、少しだけの日銭がいのちの繋ぎとなる農家の人たちのくらしは物心ともの「ヒドリ」である。賢治はこの手帳に石灰販売行脚をとおして苦衷、焦燥、そして憔悴を率直に残した。それは賢治のこころの「ヒドリ」の記録であり事実である。王冠印手帳から

手帳一三三頁「心よりも／物よりも／わがおちぶれし　／かぎりならずや

手帳七九頁「さこそこころうらぶれ

手帳八一・八二頁「あゝげに恥なく／生きんはいつぞ

手帳一二一・一二二頁「農民ら病みてはかなき／われ　を嘲り…あゝあざけりと／屈辱の…

この追いつめられた心境で賢治は上京するが上京直後から発熱し、父母あての遺書と弟妹たちへの告別のことばを書き、父の厳命により九月二八日花巻に帰着した。

四　あざけりと屈辱から……

恐慌、凶作は人の心の底を知らせてくれる。農家は収入は途絶えても日常の生活費は支出しなくて

ならない。盆、暮の掛買も利子をつけての支払となる。「ヒドリ」の底には①日銭を得られることへの嫉み②わずかな日銭収入への妬み③食べ物を食したことへの恨みが、隠れうごめいている。それは「ヒデリ」に涙を流して何の役にたつ。ヒドリの収入にはいのちがかかっている。賢治はこの嫉み、妬み、恨みにおやめなさいといい、収入を得られたことを喜びとしようと語りかけたのである。

昭和六年十一月三日の「雨ニモマケズ」詩の前後に「ヒデリ」の文字は見当らない。

賢治の作品評価の尺度の基点を晩年におくべきである。賢治の学習はさらに成熟を目ざしていた。とすると学習過程の作品には未熟なものもあろう。経済論での悪貨は良貨を駆逐するという危惧や小林一茶にもう一度槍玉にあげられることのない「雨ニモマケズ」の時代を考証する。それは誠意と正確な判断によってできる。当時の記録は残されている。そして彼岸の賢治さんへ届けなくてはならない。

【四】詩誌「花」第四八号　花社

私の好きな詩人——永瀬清子

永瀬清子さんは、昭和二十二年十月一日、日本未来派の同人に加って第五号から作品を発表している。参加する前年四十歳のとき生家のある岡山県赤磐郡豊田村松木（熊山町を経て現在赤磐市松木）に帰り生まれて初めての農業をすることになる。

一　流れるごとく書けよ

「日本未来派」はいま六十三年を迎えて活動している。「戦後いち早くアンデパンダンの精神を掲げ理念としてきた」それを永瀬は予知して詩を残したのではなかろうか。

流れるごとく書けよ

詩をかく日本の女の人は皆よい。
報はれること少なくて
病気や貧しさや家庭の不幸や
それぞれを背負って
何の名誉もなく

何年も何年も詩をかいてゐる
　美しいことを熱愛しながら
　人目に立つ華やかさもなく
　きらびやかな歌聲もなく
　臺所の仕事にもせいだして
　はげしすぎる野心ももたず
　花を植ゑたり子供を叱つたり
　そして何年も何年も詩をかいてゐる
先生もなく弟子もなく
殆ど世に讀んでくれる人さへなくて滿足し
風の吹くやうなものだ
雀の啼くやうなものだ
しかし全く竹林にゐるやうなものだ。
　あゝ腐葉土のない土地に
　種まく日本の女詩人よ
自分自身が腐葉土になるしかない女詩人よ

なれよ立派な腐葉土に。
あらゆることを詩でおもひ
あらゆることを詩でおこなひ
一呼吸ごとに詩せよ。
日記をかくやうにたくさんの詩をかけよ
手紙をかくやうにたくさんの詩をかけよ

失へる日に歔欷の詩を
逢遇の日に雀躍の詩を
無為の日に韻無き詩を
培かへる日に希望の詩を
戀人のためにわが髪の詩を
子供のためにほゝずりの詩を
兵士のためにマーチを
時々刻々に書き書けば
成りがたい彫心鏤骨の一篇よりも
更に山があり谷があり

貴女の姿のまるみのみえる
逆説的の不思議はそこに
普段着のごとく書けよ
流れるごとく書けよ
　まるでみどりの房なす樹々が
　秋にたくさん葉をふらすやうに
　とめどもなくふつてその根を埋めるやう
　たくさんの可能がその下にゆつくり眠るやうに。

この詩はアンデパンダンそのものであろう。しかし永瀬清子が詩に触れ、詩に眼ざめさせた最初は上田敏の詩であったという。上田敏の詩のどの詩であったかは明らかではないが、しかし、上田の詩（訳詩）の中から多くの人たちに読まれ、口ずさまれてきた詩は訳詩集『海潮音』の中の「落葉《らくえふ》」ではないか。

秋の日の／ヴィオロンの／ためいきの／身に志みて／したぶるに／うら悲し。／／鐘の　おとに胸ふたぎ／色かへて／涙ぐむ／過ぎしおもひでや。／げにわれは／うらぶれて／こゝかしこ／さだめなく／とび散らふ／落葉かな。〔ヴェルレーヌ『詩集』〕（抄）

永瀬が生まれる一年前に発行されている。大正十二年、十五歳のとき上田敏詩集を読み、詩人になることを心に決めたという。そして昭和五年二十四歳のとき第一詩集『グレンデルの母親』を刊行する。第二詩集『諸国の天女』を三十四歳十年ののちに刊行した。この年の十一月には『現代女流詩人集』に七篇が収載され確固とした地位を築くこととなった。

戦争が終って日本未来派が結成され、また詩の集りが増えたころには、詩の世界ではすでに先輩として扱われていた。日本未来派には「未来」への渇仰のようなものがあったといわれている。「流れるごとく書けよ」が人生を肯定しつつ懐疑と否定をくりかえしながら、女性の、詩を創る女性の位置をつくりあげようとする。

永瀬は幸か不幸か日本の戦後処理の一つとしての小作農地の解放をすることとなる。四十町歩余りの解放から三反歩（三反歩ともいう）の新自作農としての暮しにはいる。父と夫の転勤先から故郷生家に戻ったもののそれは容易いものではなかったであろう。農耕生活は山頂からの垂訓一切が身にかぶさってくる。

二歳のとき離れた都会ぐらしからの帰村であるが、自分のうちからと、栽培する作物から、自然とそこに住んでいる人たちから流れでてくる詩趣によって心豊かな生活をくりひろげ、八十九歳の人生のうちの七十年間の詩との交りを確実なものとし、至福の人生に逢着した。それは「流れるごとく書けよ」と多くの女性に、詩をつくる人たちに投げかけたことばが自らの定立となり完成へと導くこととなった。

流れるごとく書く、その作品が未来を拓くと永瀬はその流れの中で自問しながら詩を求めて鏤骨しつづけたといえる。

私がいなければ何もない

私かいなければ何もない
この美しい夕ぐれも
樹々の網目のシルエット
そのゆるやかな描線の
音楽的なけむらいも
かたくな人の心のかげ
ありとも見えぬ不如意さも
誰も気づいてくれはしない
ただ私だけが知るばかり

眸ひたすらみひらいて
蜜蜂が巣にかようよう
此の世のあわれ溜めておく
人に告げ得ずつたわらぬ
私の消える日皆消える
だのに甲斐なく詩をかいて
だのに甲斐なく詩をかいて

この詩は昭和十五年十一月に雑誌「現代文学」に掲載されていたが五十年ぶりに発見され詩集『あけがたにくる人よ』に再録された。

「この詩が埋れたままになっていたのは、やや皮肉に思えるかもしれません。つまり作者の永瀬清子が消えていないのにこの詩は消えていたのも同然だったからです」と赤磐市教育委員会の白根直子学芸員は解説する。また永瀬自身もあとがきで「多分今の私を補足してくれるでしょう」としている。白根学芸員は「この詩を書いたような気持を今なお抱きつつも、詩自身の力を実感しているためではないでしょうか」と書き加えている。

永瀬のこうした詩に対する謙虚さ真剣なとりくみが未来を拓いてきた。私詩的詩から女性問題とアジアの人たちへの視野を拡げて貢献する行動となった。

二 「民俗学の熱き日々」

二十四歳のときに『グレンデルの母親』を刊行してから第二詩集『諸国の天女』をまとめるまで十年ほどが経過するがこの間、佐藤惣之助のもとを離れ東京住いの中でいくつかの貴重な体験を重ねる。インテリゲンチャと弱者、宮沢賢治の『春と修羅』へは賢治の生前ただ四人の批評者の一人として、そして「雨ニモマケズ手帳」発見者の一人となる。

共産党シンパの疑いで逮捕拘束されハウスキーパーという女性の存在と問題、そして高等女学校時代の恩師にすゝめられて「日本民俗学講座」を受講する。これらが、永瀬の生涯にとって重要な役割を持つことになった。

永瀬は北川冬彦から「抒情的な人々と袂を分かち、現在のインテリゲンチャとして、より前向きの姿勢をとりたい」と言われてこれに同意した。「私はインテリの役割という言葉にひかれ、時代に即した尖鋭的な詩を書こうとしたのだが、実際にはなかなか思うようにはいかなかったので悩んでいた。けれどもたまたま「諸国の天女は」を書いた時、ごく自然に自分の心が流れ出たのを感じ自分は「インテリ」なんかじゃなく、ただの自然な女として詩を書いていこうと心を決めた。それで少し私の気は楽となった」と書き残している。

井坂洋子はこれについて、永瀬が「主知的な詩が書けず悩んでいたときであり、その時出てきたのが宮沢賢治である」としている。また宮本百合子は〈永瀬さんは「私」「私」と書いているが、その『私』の中にどっさりの女が含まれている〉と評している。

『民俗学の熱き日々』とは鶴見太郎氏が柳田国男を中心とする日本の民俗学を「柳田国男とその後継者たち」と「柳田に弟子なし」といわれたなかで、「独創的読者」と呼べる弟子ではない弟子の存在は、柳田から民俗学者としての訓練を受けていないが、民俗・郷土を通じて思考をはぐくんだとし、「影響を受けさえすれば、弟子となる条件はすでに整っている。肝心なのはそれ以前に、その人物がどのような経験を積み、いかにして民俗学への射程をはかったか、その眼差しではないだろうか」と判定し、「青年時代の抒情詩人松岡国男」と重ね、「椰子の実」からもっとも民俗に近く、伝承そのものの農村、農政学を経るなかで起きる空白を埋める後継者は、直接柳田に師事したことのない永瀬清子であると、「引き継がれる詩人像―永瀬清子『諸国の天女』」として認めた（中公新書・二〇〇四年二月刊）これだけからも永瀬の存在の大きさがわかってくる。永瀬が親子して荷物をかかえ、豊田村の生家に帰りつくときの態を「都落ち」と記しているが、かつての大地主の孫一家の姿である。

永瀬の両親は昭和九年に岡山市に家を買って転居する。年譜によると「大正年間の激しい小作争議の結果、熊山の親戚の人々はみな岡山に移っていた」とあるが、この地方の小作争議は大正期と昭和初期に激しかった。だが大正期に突然起ったものではない。明治六年の一揆では首謀者ら十五人が極刑となっている。大正十一年（清子十九歳、佐藤惣之助に師事）には「小作料永久三割軽減要求」を農民組合はスローガンとして行動を起していた。「赤磐郡石生村、豊田村の争議では五〇〇人からなる農民組合」がこれを要求し、大正十四年二割の小作料減免を実行させている。清子たちは二十年後の昭和二十年もっとも世間が混乱したときの帰郷であり、帰農であった。

永瀬はすでに、「勝者の歴史と弱き者の歴史」「インテリと庶民の感覚」「日本民俗学講座の受講」などの辨えから見事に現在の非理に真っ向から「農婦」として処してゆく。

それを「言わば私はみじん、空にちらばるほんの一粒のみじんとなる」と実際生活で実行する。これもまた影響を受ければ弟子となることを証明したことといえる。

六歳までしか育ったことのない土地で永瀬が存分にそこに住んでいた人たちと交際し暮すことができたのは、何といっても民俗学の知識を学んでいたことによるといえる。筆者は、第十四回永瀬清子の詩の世界（平成二十二年二月十一日・赤磐市くまやまふれあいセンター）を参観した。永瀬が残した民俗学講座の筆記録はB５判横罫のものにびっしりと漢字も適正に加えて記されている。ある頁の講題と講師の名前だろうか「橋浦」とある。橋浦とは柳田を支え、民俗伝承の会などの組織者・橋浦泰雄（一八八八―一九七九）であろう。講題は「産育」とあったから昭和十年に「産育習俗語彙」の材料を分類整理し、柳田がその序文に認めているその人が若き研究者として講義を分担する鶴見のいう「民俗学の熱き日々」の一端である。産育とは「小児が生まれてから、一人前として世の中に出るまでの間の、社会上の地位を得るまでの風習」である。

諸国の天女（一、二、五連抄）

諸国の天女は漁夫や猟人を夫として
いつも忘れ得ず想つてゐる、
底なき天を翔けた日を。

人の世のたつきのあはれないとなみ
やすむひまなきあした夕べに
わが忘れぬ喜びを人は知らない。
井の水を汲めばその中に
天の光がしたたつてゐる
花咲けば花の中に

かの日の天の着物がそよぐ。
雨と風とがささやくあこがれ
我が子に唄へばそらんじて
何を意味するとか思ふのだらう。
（中略）
きづなは地にあこがれは空に
うつくしい樹木にみちた岸辺や谷間で
いつか年月のままに
冬過ぎ春来て諸国の天女も老いる。

三　農婦ぐらし

永瀬は十七歳のとき上田敏の詩集を読み詩人となろうとした。三十歳のとき父が逝くがすでに十八歳のとき弟の急逝をうけて法定相続人となっていた。三十九歳で帰村し「農婦」となるが相続の実際に承知することはなかったろう。小作争議に対抗して村内に地主会がつくられた時である。「われら農婦」宮沢賢治への「あの方の父上は」「わが麦」「鎌について」「明日を負う農村婦人」「不可触賤民」など村でのくらしとやがて平和運動、アジアへの熱い視線から啓蒙の具体的活動が続けられた。

※

永瀬の顕彰は赤磐市で「永瀬清子の里づくり」が推進されている。今年は国民文化祭が岡山県で開かれる。その中に現代詩大会が生家の近くで行われる。いま生家は防護網で囲れている。現在補修が続いているようだが、これでは来訪者は落胆するであろう。一日も早く確としたものとし、岡山県の「隅蔵造り（推定）の民家」そして永瀬清子記念館とされることが望まれる。例えば宮城県の原阿佐緒記念館のように。記念館にふさわしい生家で現代詩の復権が期されるとよいのだがと佇んで思った。

第一回宮沢賢治友の会
このとき「雨ニモマケズ手帳」が発見された。永瀬清子さんは出席していた。
（写真）椅子に座る中央は宮沢清六、左は高村光太郎、清六から右一人おいて永瀬清子の各氏。

提供・岡山県赤磐市 永瀬清子記念館（担当 白根直子学芸員）
なお、白根学芸員は『永瀬清子の宮沢賢治受容史年譜』を編著作成されている。

【解説文】

賢治さんなら「ヒドリ／ヒデリ論争」をどう思うだろうか

和田文雄『続・宮沢賢治のヒドリ――なぜ賢治は涙を流したのか』

鈴木比佐雄

宮沢賢治が亡くなる二年前の昭和六年（一九三一年）に手帳に記された「雨ニモマケズ」は、二〇一一年三月一一日の東日本大震災・東電福島第一原発事故後に、多くの近親者や友人を亡くし故郷を津波などで失った東北・北関東の浜通りの人びとを勇気付けた。最も打ちひしがれて絶望している人びとを励ます詩が「雨ニモマケズ」だったことは特筆すべきことで、この詩の精神性が二〇世紀、二一世紀の初めに書かれた日本の詩の中で、最も力を発揮した詩であったと言えるだろう。被災後にはその英訳詩がワシントンの国立大聖堂の追悼式で朗読され、被災者を支援する集まりでも俳優の渡辺謙氏が英訳詩を朗読した。そんな朗読映像や多くの海外の人びとが一行ずつ読み上げていく群読などの映像は、世界の人びとが日本の被災者たちの苦悩に寄り添い再び立ち上がることを祈っていてとても感動的だった。それらは今でもネット上で見聞きすることが出来る。さらにロジャー・パルバース氏は自ら英訳しそれをまた解説した『英語で読み解く賢治の世界』を刊行し、アーサー・ビナード氏も絵本『雨ニモマケズ Rain Won't』を刊行し、「今ニモマケズ」というあとがきで〈「雨ニモマケズ」はちっとも古くなっていないのだ〉と語っている。本格的な英訳も私が知る限り十種類近くもある。そのように「雨ニモマケズ」は現代において日本が誇る最も必要で重要な詩になりつつある。

賢治の「雨ニモマケズ」は、もともとは手帳に記されていた言葉で発表を意志した詩ではなかったが、一九三一年に記されたものが八十年後に、インターネット上で世界中の人びとに共有化されつつある日本の最も代表的な詩になっている。賢治は自分の書いたものは詩ではなく「心象スケッチ」だと語っていた。その「心象スケッチ」が多くの人びとを励ます優れた詩として世界に発信されて受け入れられている。そのようなこの詩の広がりを踏まえることから始めたい。

そんな「雨ニモマケズ」は、一九八九年に賢治の教え子で宮沢賢治記念会の理事長だった照井謹二郎氏が詩の中の「ヒデリ」は、原文が「ヒドリ」であり、その意味は「ヒデマドリ」とも言い、「小作人などが日雇いで金銭をもらうこと」という方言だったと語り、元の「ヒドリ」に訂正すべきだという新しい見解を提起した。この「ヒドリ／ヒデリ論争」は、照井氏が亡くなったこともあり、大きな課題を残し釈然としないままであったが、二〇〇八年に和田文雄氏は照井氏の「ヒドリ説」を支持する『宮沢賢治のヒドリ――本当の百姓になる』を刊行し自説を展開した。

その後に新校本宮澤賢治全集を編纂した入沢康夫氏が二〇一〇年に刊行した『「ヒドリ」か、「ヒデリ」か　宮沢賢治「雨ニモマケズ」中の一語をめぐって』は一九八九年からの論争の経緯を詳しく辿っている。その結論として「ヒデリ」と「サムサ」の対句的な連動性や他の賢治の作品の中にある「ヒドリ」を「ヒデリ」と書き直した箇所などを提示し、賢治の癖を実証的に語り「ヒデリ説」の正当性を明言している。

そのような中で3・11が起こり、「雨ニモマケズ」は東北の被災地で読み上げられて多くの人びとを励まし続けていることは間違いのない事実だ。そして「ヒドリ／ヒデリ論争」は語られなくなったと思われたが、和田文雄さんは二〇一五年の暮れに『続・宮沢賢治のヒドリ――なぜ賢治は涙を流したのか』

を刊行した。前著の一章の冒頭の「一　山折哲雄さんへの手紙」では、山折哲雄氏がＮＨＫ教養講座に出演し映し出された賢治の手帳に記されてあった手書きの「雨ニモマケズ」を自ら朗読する際に、「ヒドリノトキハナミダヲナガシ」の箇所を読み上げる際に、「一瞬たじろぎし、とまどい、ためらいがかんじられました」と記している。和田さんは賢治の手帳に記されている「ヒドリ」を「ヒデリ」と読むことの「ためらい」に絶えず立ち還る。そして「ヒドリ」は「ヒデリ」の誤記であり、「ヒデリ」と修正すべきだと断定しそれを強要することに対して、その行為はある意味では改竄ではないかと言い、原文通りに「ヒドリ」と正すべきだと主張し、少なくとも「ヒドリ」（註・ヒデリの意味か）というような註釈を付けるべきだという考えに同意している。和田さんは何が何でも「ヒドリ説」が絶対であると語っているのではなく、教え子の照井謹二郎氏や賢治の原稿を託された宮沢清六の娘婿の宮沢雄造氏（宮沢賢治記念館館長）などの地元の賢治の縁のある人びとが主張する「ヒドリ説」にもっと敬意を払い少なくとも併記して欲しいということが本意であるだろう。

和田さんは東京都郊外の農家の出身であり、農林省の農業行政の現場に長年勤めていた。昭和初期の東北の農民たちの実態も国の農業行政の在り方も専門的に知っており、また内務省の明治からの農業行政の歴史や昭和初期の『東北地方農村疲弊状況』の調査資料なども読み込んで、賢治の生きた東北の農業の実態から賢治がどのような思いで農民を見詰めていたか、その歴史的な事実を「既知」として明らかにしようと試みている。

今回の続刊では、書家の石川九楊氏が地元紙によって原文の「ヒドリ」を「ヒデリ」に改変されてしまったことにこの問題の原因があり、元に戻して「ヒデリの意か」というような註を入れるべきだという見解（『日本の文字』より）に和田さんも賛同する。ただ石川氏は賢治が「ヒドリ」を「ヒデリ」の意味で使用していたのではないという見解には反論し、石川氏は豪雪地帯の北陸出身にもかかわらず当時の東北の農民たちの窮状への想像力が少し不足しているのでないかと語る。その言葉は「ヒデリ説」を絶対化してしまう賢治研究者たちにも同じことが言えるのではないか。その詩を朗読する際に「ヒドリ」の方が自分の内面に染み込んでくるという読者を切り捨てては、まずいのではないかと語っている。「ヒデリ説」を主張する研究家の見解もよく理解できるが、実は私も一人の読者として「ヒドリ」（日用取・日雇い）や「ヒデマドリ」（日手間取）という意味で読んだ方が賢治の農民への共感が乗り移ってきて、自分の内面に相応しく感じるのだ。「ヒデリ」と「サムサ」の対句よりも、賢治の農民への共感を示した精神性の方が私の中で勝ってしまう時がある。和田さんの今回の評論は、私のような「ヒドリ」の精神性を読み取る解釈をする者たちを背景にして書かれているように感じられる。賢治が「ヒドリ」という言葉を他の作品では使用していないということで、「ヒデリ」の誤記だということは言えないだろう。「雨ニモマケズ」の詩の原文の解釈は読者に任せ、その朗読のテキストの選択は朗読者に任せるべきだと思われる。

和田さんの粘り強い東北の農民たちに寄せる論考は、賢治の置かれていた情況の中で賢治がなぜ「雨ニモマケズ」を書かざるを得なかったか、なぜ「涙を流したのか」を知るための想像力の基礎を提示している。その労作を多くの賢治研究家に読んで欲しいと願っている。

あとがき

『宮沢賢治のヒドリ――本当の百姓になる』から七年がすぎてしまいました。多くの読まれた方から「知りませんでした〝ヒドリ〟だったのですね」とか「最初から賢治さんの書いたものとは違うものを読んでいた、いや読まされていたとは…」「うすうすはヒドリ論争とか耳にしてはいましたが、やっぱり…」

それは、東北にかぎらず、農家、農村にたいしての偏見にねざしたものが、「匡救」という国政、また「高度の技術や経済変動にたえられない」とする官僚思考への反発を、内からと外からとで示唆してくれました。

また「農林行政外史ですね。いや農村社会史ですね…」とも評されました。

なかでも小学校六年（昭和二八年）のとき「雨ニモマケズ」の詩を暗唱しなさいの宿題に「賢治は嫌い」と宿題を拒否したという女性からの手紙でした。

それは「ヒデリ」で「ナミダ」する人などいない。涙する暇などない。

「父でも母でも、近所のおばさんも、おじさんも働らかなくては生きてはいられない、あくせく働いている」なのに賢治は違う世界に住む人なのだと感じ涙する賢治は嫌いになる。小学校六年の少女の生活は「ヒドリ」詩の暗唱のなかから、住んでいる東北から命懸けのような手紙でした。「ヒデリ」の不合理は小学六年生の実生活のなかで見破られていたのです。

私は「屈折」―少女たちの詩と真実―（詩集『當世拾遺』）で足らずながらお答えしました。

谷川徹三の「雨ニモマケズ」講演のところで「サイパン、グアム、テニヤンの玉砕」を記しましたが、九月一五日にペリリュー島などに米軍が上陸していた。谷川の講演は九月二十日だから激戦の最中であった。この頃東京の学習院に学んでおられた皇太子殿下は学友とともに栃木県日光市に集団で疎開されて御用邸におられ、学友は金谷ホテルを宿所としていた。疎開学童を集団で受けいれたとき、受けいれさきではその配給食料を用意する、しかし困難なことであるので少しでも自給に努める、昭和二十年になって筆者の同期生三人と上級生二人が学習院生徒たちの食料自給の指導役に招かれ終戦まで金谷ホテルに滞在していた。同期生の話しでは御料林を開墾して馬鈴薯を作付けしたとのことでした。

天皇陛下がパラオ、ペリリュー島を慰霊された報道のおり、新聞にこの当時の皇太子殿下の疎開先での写真が掲載されました。殿下の疎開は十三歳のころでした。

賢治の詩が「ヒデリ」なんかではないと宿題の「雨ニモマケズ」の暗唱を拒否した少女も十三歳のころでした。そのときの少女は「もうこの論争は不毛のこと」などとしないでと今も訴えています。

昔の少女のままの情熱を絶やすことなく本当の賢治さんを探しもとめています。そして賢治さんを敬愛する国の内外の人たちも同じ思いでいるとおもいます。

前書から七年がすぎましたがこの間に詩誌「さやえんどう」、「千年樹」、「詩界」、そして「花」の各誌に「ヒドリ」の「外延」としてこの言葉や用い方について論だてとはいかないまでも庶衆の日常生活での会話にあらわれている言葉としての「ヒドリ」と、岩手県遠野市の倭文神社の成り立ちと、そこで暮している大衆、氏子たちの底力や、かって改憲阻止勢力として国会野党勢力三分の一をもっていた政党を代表する政治家の発言議事録など「ヒドリ」はやはり虐げられた庶衆の意志をあらわしているものとして内包され、また徴表は賢治さんの「ヒドリ」の既知もまた庶衆の意志による表現ではと思いました。それやこれやでこの続篇をまとめることができました。

「ヒドリ保護正統派」女史の叱咤、コールサック社の鈴木比佐雄氏のご支援、また前書の愛読者皆様のご声援に感謝を申しあげます。

平成二十七年秋

和田文雄

著者　和田文雄（わだ ふみお）

1928 年　東京都八王子市生まれ。
1948 年 3 月　農林省所管の高等農事講習所本科農科を卒業。同年 4 月、農林省に入り、統計、農協検査、農協組織、食品流通などの職務を経て、1982 年退職。
詩集『恋歌』『女神』『花鎮め』『無明有情』『うこの沙汰』『理想の国をとおりすぎ』『村』『失われたのちのことば』『毛野』『面影町界隈』『當世拾遺』『高田の松』『昭和八十八』『新・日本現代詩文庫和田文雄詩集』いずれも土曜美術出版販売刊。
2008 年　『宮沢賢治のヒドリ―本当の百姓になる』コールサック社刊

石炭袋

続・宮沢賢治のヒドリ――なぜ賢治は涙を流したか

2015 年 12 月 17 日初版発行
著　者　　　　和田文雄
編集・発行者　鈴木比佐雄

発行所　株式会社 コールサック社
〒 173-0004　東京都板橋区板橋 2-63-4-209
電話 03-5944-3258　FAX 03-5944-3238
suzuki@coal-sack.com　http://www.coal-sack.com
郵便振替　00180-4-741802
印刷管理　（株）コールサック社　製作部

＊装丁　奥川はるみ

落丁本・乱丁本はお取り替えいたします。
ISBN978-4-86435-223-9　C1095　￥2000E